花嫁

青山七惠

王蘊潔 譯

目錄

大福宮殿

我哥哥要討老婆了。

雖然覺得「討」這個字用在人的身上很奇怪，「討老婆」這三個字卻怎麼聽怎麼順耳。討老婆和收取禮物、領取獎狀或是領藥一樣，都是領取了之後帶回家，男人也是用這種方式把老婆娶回家。我很羨慕我哥，因爲我是女人，沒辦法討老婆，只能當別人的老婆。我猜想幾年之後，我就會嫁給某個人。這件事讓我心裡很不舒服，我才不想被人討回家，人怎麼可以討來討去。但是，如果明年生日那一天，有人爲我備妥一個頭戴蓬鬆白布、溫柔可愛的新娘，我一定會欣喜若狂，縱使二十一歲的一整年都被全世界忽略，我也欣然忍受。

但是，那天明明不是我哥的生日，他卻宣布要討老婆了。

我很不爽，很希望破壞他的好事，我反對哥哥結婚。

我心裡很清楚，沒有人會理會我的意見。天要下雨哥要娶妻，即使我告訴大家，我反對哥哥結婚，也不會對他的婚事造成任何影響。我從來沒聽說過有人因爲妹妹反對而放棄結婚。我最喜歡樂趣無窮的廢事，卻不想做無趣的廢事，就好像清掃衣櫃後方或是約會去垂釣之類的，都屬於無趣的廢事。

話說回來，哥哥未來的老婆到底是怎樣的人？難以想像她居然決定和我哥共度一生。因爲我哥身上有時候會有一股怪味道，他很少刷牙，也常常不洗澡，但自我感覺超好。每天早上霸占廁所二十分鐘，只爲了讓他一頭天然鬈髮蓬鬆地頂在他那張白淨的娃娃臉上。他的努力沒有白費，公司的人都覺得若松是個細膩、純樸的年輕人，對他疼愛有加，但其實他根本是個虛榮的膽小鬼，性慾也比別人強一倍。

但哥哥很早就知道，自己的長相和性格很容易擄獲那些個性浪漫、溫柔婉約的女人的芳心。對哥哥來說，讓這種女人愛上自己根本易如反掌，很遺憾，我並不是這種類型的女人。

但是，我愛哥哥。這件事千眞萬確。

我還沒見過未來的嫂嫂，我猜想爸爸、媽媽也還沒見過未來的媳婦。

之所以是「猜想」，因爲我覺得在結婚這件事上，好像只有我一個人被蒙在鼓裡，不禁感到很不是滋味。這是哥哥第一次交女朋友，卻一次也沒有帶回家。話說回來，搞不好只有我一個人在狀況外，爸爸和媽媽可能聯手僱用了能幹的私家偵探，把女方的祖宗十八代都調查得一清二楚了。那個女人也可能僞裝成客人來店裡買點心，暗中徹底觀察了我們全家。

那是我爸爸開的店。

爸爸是做和菓子的糕餅師。爸爸的爸爸是銀行行員，爸爸的媽媽是書法老師，但爸爸似乎對和錢打交道，或是寫一手漂亮的字都興趣缺缺，只對甜食情有獨鍾。我曾經看過爸爸小時候的照片，那時候簡直胖得離譜，但並不是悽慘的胖子，爸爸小時候是因爲過度攝取家人的愛、甜塔、派和巧克力，才會變成肥嘟嘟的小胖子。甜點是爸爸人生的快樂來源，超市的彈珠汽水和高級西式糕點店的糖漬栗子都同等程度地博取爸爸的歡心，成爲爸爸身體的一部分。

因此，自從懂事之後，爸爸就夢想當一名蛋糕師。雖然因爲父命難違，在讀完四年制大學的經濟學院畢業後，才進了西點學校學藝，但不知道是否因爲被女老師欺侮，或是聞膩了奶油味感到反胃，或是因爲抱慣了做糕餅的容器，把手臂的肌肉練得太發達，導致他抱女生時出了什麼問題，總之，某一天，爸爸突然宣布，他發現自己雖然愛吃西點，但並不適合成爲蛋糕師，以後要專心製作和菓子。我忍不住問爸爸，爲什麼沒有完全放棄糕餅的世界？爲什麼不做中式點心，或是水果雕花，而是選擇了和菓子？爸爸回答說：「當我正陷入煩惱時，剛好吃了某家店的紅豆大福。那是在四國深山裡，只有內行人才知道的和菓子店，一年中只有一天，會做十個堪稱人間美味的大福。那個大福改變了爸爸，爸爸的人生就在那一天決定了。」

我覺得這件事八成是爸爸在胡說八道。這是當女兒的直覺。因爲爸爸在那一陣子的照片骨瘦如柴，和小時候完全不一樣。爸爸不想說實話就算了，我決定姑且相信他的胡扯。

爸爸做的和菓子超級好吃。在我降臨這個世界之前，以及在我出生後，還在搖搖晃晃學走路時，爸爸都很努力精進技藝。而且，他的運氣很好，還娶了一個聰明美麗的好太太。我們之前住在離店鋪兩個車站的公寓斗室，在我升上小學那一年，爸爸把位於烏山的店鋪旁的土地買了下來，造了一棟氣派的房子。那時候，爸爸製作的大福上了電視，店裡頓時生意興隆。（順便告訴大家，爸爸的大福出現在偶像劇中，那個上班族的男主角每天都要吃我家的大福當作點心。他也是在我家店門口吃大福時認識了女主角。爸爸還上了鏡頭，飆了一下演技。）

左鄰右舍戲稱我們家是大福宮殿。最早是隔壁豆腐店老闆娘這麼叫，沒想到這個名字在轉眼之間就傳開了。我轉學到新的小學後，經常有人對著我叫：「大福宮殿!!大福宮殿!!」幾個笨男生好幾次在回家的路上用泥塊丟我。我忍著眼淚衝進廚房，拿了五、六個原本準備在點心時間吃的大福，送給那幾個還在家門外吵吵嚷嚷的臭男生。在店裡幫忙的弓子阿姨看到之後，似乎察覺了情況，送他們每人四個大福當作伴手禮。我家的大福好吃得足以讓那幾個搗蛋鬼乖乖閉上他們的臭嘴。雖然我很想把大福丟在他們身上，但要我丟爸爸做的大福，比叫我把自己的乳房擰下來丟出去更令我難過。

大福宮殿。我很喜歡這個名字。我家的確像大福一樣柔軟甜蜜，是全世界最令人安心的家。

現在也經常有電視或雜誌來爸爸的店裡採訪，「聰明伴手禮聖經」之類的雜誌也介紹過爸爸的店鋪。當我看到在介紹某家百年老店的知名糕餅店的下下頁，大篇幅刊登了爸爸的店鋪和他的笑容，忍不住開心不已。雖然店裡的商品中，模仿據說改變了爸爸人生的四國大福的特製紅豆大福特別受到好評，但我最喜歡的是草莓大福。只有春天才能吃到草莓大福，我每天早晚各吃一個。那是爸爸特地為我做的，而不是店裡賣剩下的，爸爸每天都特地為我多做兩個。附近的鄰居和親戚都知道我愛吃大福，小時候，當身邊的大人聊完天氣後無話可聊時，都會說「麻紀今天的臉也像大福一樣」。說我和最喜歡的大福長得很像，而且大家說這句話時都笑咪咪的，我還以為是一句了不起的稱讚，至今仍然有這樣的感覺，但也隱約察覺到言外之意。（除了挖苦以外，總覺得有一種難以形容的隱晦感覺。）

哥哥目前在丸之內的一家食品大廠工作，所以有時候會帶一些新產品的巧克力或是餅乾回來，但他總是很隨意地把他們公司的商品丟在沙發上，或是放在玄關的鞋櫃上。這只是他在惺惺作態。我都會把哥哥特地放在那裡的點心拿到餐桌，整齊地擺放在盤子裡，晚餐後全家人一起吃。哥哥經常告訴我們開發人員有多辛苦，辦了多少次試吃會，以及和廣告商洽談銀座的廣告宣傳招牌有多傷腦筋。不過，他是在總務部門人事課上班。

哥哥似乎打算有朝一日繼承爸爸的店鋪。老實說，我的手比他靈巧，很有經濟觀念，待人也很親切。我從小就像跟監的刑警般，仔細觀察了和菓子師傅的動作，以及媽媽和客人之間的交談。我對自己能夠經營好這家店小有自信。但爸爸和媽媽似乎希望我順利讀完大學，找一份工作，再找個好男人把自己嫁出去。我自己對這樣的未來沒什麼不滿意，雖然我小時候一直以爲繼承爸爸的店鋪是我唯一的出路。

十四歲時，我認識到路是人走出來的。

考高中前，當課業成績漸入佳境時，老師要我們寫下自己今後二十年的生涯規畫。要求一個十四歲的小女生寫未來二十年的生涯規畫，這種功課簡直太沒有人性了。但是，我一點都不傷腦筋。我打算一年後進高中，三年後進大學，四年後，繼承家裡的和菓子店。雖說其實沒必要讀大學，但因爲爸爸也讀過大學，所以我覺得這算是若松家的傳統。

不久之後舉行的學生、老師和家長的三方面談時，當年輕女老師笑臉盈盈地說：「有一技之長很了不起」時，媽媽很不自在地低下了頭，和她在店裡接待客人時的態度判若兩人。

「在今後的時代，女人要獨立自主。若松同學很幸運，家庭環境有這樣的條件。我也很喜歡你們店的和菓子，尤其愛吃金鍔燒，每次回娘家時，都會當作伴手禮帶回家。若松同學，妳要在大學好好讀書，然後繼承家業，只要老師還走得動，一輩子都會去找妳買和菓子。」

雖然我覺得卑微的中學老師沒資格叫和菓子店老闆（我覺得自己已經是一店之主了）好好努力，但還是很有精神地回答說：「好。」

那天晚上，大家一起吃晚餐時，媽媽問我：

「麻紀，妳以後打算像爸爸一樣嗎？」

「像爸爸一樣？」

「就是做和菓子……」

「對啊，我要像爸爸一樣繼承這家店，不行嗎？」

「麻紀麻紀，這可不行，妳要好好讀書，做自己喜歡的事就好。」

哈哈哈。爸爸大笑起來。

哈哈哈。大家也都笑了起來。

這件事就到此爲止，沒了下文。

於是我知道，繼承家業無法成爲我的人生選項，我也不再對此有任何非分之想。

我很難過，但並沒有生氣，也沒有耿耿於懷，只是心裡很清楚，在我旁邊若無其事地吃飯的哥哥有這樣的選擇權。我對這一點並不感到生氣，這是理所當然的事，只是我太傻，之前竟然沒有想到這件事，爲自己感到丟臉。

第二天，家裡讓我帶了裝了十六個金鍔燒的禮盒去上學。

我知道自己沒資格繼承和菓子店，所以，就聽了爸爸的建議用功讀書，考進都心一家小有名氣的私立女中，在學校參加了茶道社團，和那些愛打扮的大學生交朋友，燙了頭髮，喝麥當勞的奶昔，日子過得逍遙自在。爸爸繼續做他的和菓子，媽媽照常在店裡忙生意，哥哥考進了大學的一個國際什麼系。

到了高三，我立刻結束了之前那種自甘墮落的生活習慣，再度用功讀書準備應考。其實我本來就是一個腳踏實地的人。

冬天結束，當我收到比哥哥的大學錄取分數更高的大學寄來的錄取通知書時，大家都很高興。爸爸還特地臨時休業一個星期，帶著一家四口去法國旅行。我覺得已經向大家證明我的腦袋比哥哥優秀，暗自竊喜，但爸爸和媽媽好像完全沒有發現這一點，一下子嚷嚷著馬卡龍，一下子又是什麼烤野兔，一下子又說要給弓子阿姨和店裡的徒弟帶什麼伴手禮，除了睡覺以外，整天都專心討論這些事，樂得像小孩子一樣。雖然我並不感到生氣，只是長大之後回想起來，不得不承認當時的心情有點失落。但是，我還是努力振作，在大家面前好好秀了一番中學時白學的法語成果，也的確發揮了很大的作用，家人不停地稱讚我。我們到處大啖美食，爸爸也得到了不少可以用於春天新商品的靈感，還在免稅店買了愛瑪仕的皮夾給我。那的確是一趟愉快的旅行，想到要回日本，就不由地悲從中來，我希望從此在巴黎住下來。我半認眞地提議：「爸爸的和菓子tres bon（非常好聞），又tres beau（非常漂亮），法國人一定會很喜歡，所以，我們乾脆在這裡住下來吧。」「但是爸爸和媽媽不懂法文，所以不行。」他們隨便找了一個理由，當場否決了我的提議，我只好說：「那不在這裡住下來也沒關係，以後全家再一起來吧。」

我把伴手禮的巧克力送給同學時，也和他們分享了這次旅行多麼愉快，沒想到好幾個同學都說：「啊？我死也不願意和家人一起去旅行。」我十分驚訝。我們家人的感情似乎比其他同學的家人更好，雖然同學問我爲什麼我們家人的感情這麼好，我也說不出理由。雖然大家都說，麻紀，妳家好奇怪喔，但對我來說，完全都是理所當然。因爲我覺得只要全家人中沒有任何討厭的人，在一起就會很開心啊。

我們一家住在舒適的房子內，就像小心地包在口感綿密扎實的豆沙餡，和可以拉得很長、柔軟Q彈的純白麻糬皮內的草莓一樣，彼此相互體諒關心，一家人的感情也很和睦。

如果有人想要大口吞噬，簡直蠢透了。

但是，哥哥竟然試圖讓一個年輕的女人加入如此完美的四重奏，或是讓我們變成三重奏。

豈有此理，這種行爲讓人唾棄。

理由太多了，有冠冕堂皇的理由，也有無聊可笑的理由。首先，哥哥還年輕。他剛滿二十五歲，根本沒有足夠的經濟能力養老婆，個性也不夠成熟，何必急著走進婚姻？而且，他的未來還沒有確定，目前還不知道什麼時候辭職，繼承家裡的和菓子店。

最令我擔心的，當然就是他還沒有向我介紹過未來的大嫂是怎樣的人。老實說，我第一次聽到這起婚事時，馬上覺得其中有詐。因爲以前哥哥每次交了女朋友，都會帶回家裡，這次沒有介紹給任何家人認識，就突然決定要結婚，總覺得不太對勁。

趁哥哥不在時，我偷偷問了媽媽，哥哥是不是把別人的肚子搞大了，但似乎並不是這麼一回事。媽媽也偏著頭納悶，搞不懂哥哥爲什麼要倉促結婚，只是媽媽似乎並沒有爲這件事感到不高興。聽到有年輕女孩非自己辛苦養大的兒子不嫁，可能會暗爽很久吧。

結婚後，哥哥一定會搬出大福宮殿。

他應該會和這個新人在租金適中的租賃公寓展開新生活。雖然是喜事，但我一點都高興不起來。我希望哥哥繼續留在家裡，希望他讓我去他床上睡覺。

對，即使現在，我們仍然像小孩子一樣，有時候會睡在一起。

當我輾轉難眠時，天氣冷的時候，還有我傷心難過的時候。

只要我在黑暗中敲敲房門，哥哥就會溫柔地迎接我。

我也是在哥哥的床上聽說了他求婚的經過。

那是他在晚餐時宣布結婚消息的當晚。

躺在哥哥的床上，我好像接受處罰般，渾身僵硬地聽哥哥說他求婚的經過。

我根本不想聽。但是，如果不詳細了解哥哥爲了娶妻所準備的每一句話，甚至在腳趾頭在那一刻的反應，我恐怕會坐立難安。我像開機關槍一樣接二連三地發問，哥哥也鉅細靡遺地一一回答。哥哥沒有察覺我短暫的沉默，說話也完全沒有任何修飾。我無法不愛哥哥的這種老實和愚鈍。

哥哥說，他在首爾的韓式三溫暖汗蒸幕內，在朦朧的蒸氣中向對方求婚。我很驚訝。雖然我知道他去首爾旅行的事，但他當時說是和公司同事一起參加旅行團。那時候，哥哥才剛和空姐女友分手不久，還以爲他對自由的單身生活樂在其中呢。因爲我曾經聽他嘀咕說：「我暫時沒辦法坐飛機。」所以聽到他說要去首爾時，我覺得有點奇怪，沒想到居然是爲了這個目的遠渡重洋！

這可不行。我內心湧起近似憤怒的情感。既然之前說沒辦法坐飛機了，他必須對這句話負責。

「爲什麼去那種地方求婚？」

我側躺著，逼近雙手抱在腦後的哥哥，但我很小心，避免觸碰到他的身體。

「啊？什麼？」

「求婚啊。」

「我也不知道。」

「不是你做的事嗎？爲什麼不知道？」

「那一剎那，我非這麼做不可。」

「是神啓嗎？」

「不是。」哥哥回答說，「我不相信神，才不是什麼神啓，沒那麼戲劇化，如果硬要說的話，只能說是姻緣天註定。我和她去那個地方，被蒸騰的蒸氣包圍的剎那，觸動了緣分。」

「喔。」我應了一聲。

哥哥一定是被蒸氣蒸得腦袋發燙，神經傳導回路短路，才會變得這麼衝動，或者是很膚淺地以爲在這種地方求婚，日後回想起來，可以成爲旅行中的笑話，在朋友面前搞笑吧。結果，這種想法就變成「我們結婚吧」這句話，導致了眼前這種根本很難笑的事態，現在後悔了吧？

但是，我沒有把這些話說出來。我低頭不語，如同含了一顆大酸梅的核，一個勁地把酸楚的寂寞吞進肚子裡。我很久都沒有說話，不一會兒，聽到哥哥在我身旁發出了均勻的鼻息。

恐怕要等到曾孫那一輩，才會把這件事當成是笑話吧。哥哥眞是腦袋破了洞，居然爲了一百年後的晚輩，犧牲自己的一百年。

但是，哥哥腦袋的洞越大，我越愛他。這個世上絕對沒有人比我更了解、更愛這個邋遢散漫又虛榮，並且自我感覺過度良好的哥哥。因爲哥哥是我唯一的哥哥，我也是他獨一無二的妹妹。如果有人想要愛哥哥，當然首先必須愛我。愛哥哥卻不愛我，簡直就像把沒煮過的紅豆硬塞進大福裡。

這個星期天，那個女人要來我家。

她不知道長什麼樣子，希望她是個美女，希望她有氣質，希望她知書達禮，希望她富有幽默感，希望我無論再怎麼挑剔，也無法輕視她一秒鐘。

我以後要叫她大嫂嗎？雖然我小時候很希望自己有姊姊，但現在完全不想要。我很想說，我們一家人不多也不少，不需要增加新成員了。如果看到個性耿直的媽媽和媳婦明爭暗鬥，我會無法忍受。如果再看到爸爸巧妙應對，努力使她們建立良好的婆媳關係，我恐怕會放火燒了隔壁的豆腐店。

最無法忍受的，就是當我有朝一日出嫁時，那個人會很有心機地取代我的位置。是我想太多了嗎？

其實我也沒那麼壞，既然對方有緣成爲我們新的家庭成員，爲了避免她過度緊張，我打算盡自己的棉薄之力，親切地迎接她。和她聊聊興趣愛好，以及以前參加的社團，讓她覺得我只是一個很普通的小姑，讓她放心，讓她放輕鬆。

這種想法是不是什麼藉口？是我的眞心話嗎？我捫心自問，但答不上來。我走去廚房吃大福，因爲是秋天，所以內餡裡沒有草莓。

我目前交往的男友是高生男生，比我小兩歲，還是高三的學生。

我是他的第二個女朋友，他已經不是處男了。

我原本最討厭高中男生，總覺得他們滿腦子只想搞怪，只在意自己的胯下，和肉眼所見的所有女人的胯下。每天的生活都始於胯下，也終於胯下。雖然我知道這種想法屬於自我感覺良好到破表的程度，但我覺得好像只要和他們視線交會，就會受到侵犯，所以，在公車或是圖書館遇到時，都會刻意避開。

他們並沒有直接對我做過什麼可怕的事，但如果追溯遙遠的過去，應該和很久很久以前，有一個穿立領制服的高大男人曾經非禮我有關。

那個男人把車開到我身旁，打開車窗，問背著亮閃閃新書包的我：「妳知道藥局在哪裡嗎？」然後，打開拉鍊，掏出他的寶貝。他的寶貝脹得通紅。我不知道爲什麼會那麼紅，但我第一次看到那種東西，完全搞不懂是什麼狀況。我嚇得魂不守舍，但覺得很丟臉，又不知道該如何反應，只能傻傻地站在原地。男人握著紅色肉棒搓了起來，露出嚴肅而又無助的表情，目不轉睛地盯著我的雙眼。我不知道該看男人的手，還是該看他的雙眼，或是兩者都不該看。當我眼神飄忽時，突然感到一陣反胃，我站在原地，把那天中午營養午餐吃的黑麵包和奶油燉菜全吐了出來。男人用力咂了一聲，沒有把他的寶貝收回褲襠就揚長而去。我低頭看著沾到黏稠嘔吐物的心愛襯衫，終於產生了八歲女孩應該感受到的恐懼和厭惡，總覺得剛才是我的手在搓揉那根肉棒，那個男人把污物噴到我身上作爲懲罰。那裡沒有一個大人能夠對我說，不是這樣的，事情不是這樣的，麻紀，妳不必看那根紅色肉棒，也不必看他的眼神。直到好幾年之後，我才終於知道發生了什麼事。

現在回想起來，既然對方開車，至少已經超過十八歲，或許我以爲他穿的立領制服，其實只是普通的黑色衣服。但是，那天之後，所有穿立領制服的男人都變成可惡的對象，他們身上有紅色噁心的危險物品，會讓我反胃，弄髒我漂亮的襯衫，這種想法成爲保護我脆弱精神世界的信仰。在原本只要記錄生存過程中，眞正重要的兩三件事的本能記事本上，我在第一頁就用平假名寫上了「立領男很危險」這六個字。至於年幼的我怎麼會知道「立領」這麼古老的字眼，是因爲當時在店裡負責擦窗戶和送貨的工讀生阿賢是高中生，他穿著立領制服，在店裡幫忙的弓子阿姨經常叫他「立領弟弟」。於是，我就記住那種把脖子卡得很緊的黑色制服叫「立領」。立領，我覺得這兩個字聽了就讓人窒息。

總之，自從遇到那個立領男後，我對於和阿賢說話或是靠近他，甚至連他出現在我的視野中，都感到害怕不已。當他用輕輕拍拍我的肩膀代替對我說「嗨，今天還好嗎？」之類的話，向我打招呼時，我猜想本能記事本就會發出嗶嗶的刺耳警告聲，那六個字亮著紅燈閃爍著，在我體內亂竄。雖然我沒有說出口，但阿賢可能察覺到我的拒絕反應，之後就再也沒有隨便碰我。不知道爲什麼，即使到了現在，在路上遇到阿賢時，我們也不會說話。

我明明罹患了高中男生恐懼症，爲什麼長大之後，偏偏和一個高中生交往？而且，他穿的正是立領制服。每次和他見面，我都提心吊膽。好可怕。雖然我早就不怕他垂在制服褲檔內的那根紅色肉棒了。

「麻紀，麻紀。」

他今天也像平時一樣囉哩八嗦，糾纏不清，一下子想牽我的手，一下子想用手機拍照，但我完全提不起勁，也不想提起勁。

「不要啦。」

「爲什麼嘛？有什麼關係嘛，有什麼關係嘛。」

「我現在沒心情。」

於是，他就沮喪地乖乖躲去一旁玩手機了。

我搶走他的手機丟在地上，想讓他更加沮喪。我爲什麼會有這種想法？我覺得自己很可怕，於是摸了摸他的頭，當作對想出這種壞點子的自己的懲罰。然後，主動牽他的手，靠了過去。於是，他放心地用臉頰磨蹭我的頭髮。他的皮膚很好，他的立領制服釦子在我視線的高度閃閃發亮。

「麻紀，我們去摩鐵吧？」

他的聲音在我頭皮上響起，我回答說「好」，當作給自己的第二個懲罰。和他去了平時常去的摩鐵，做了該做的事，總共兩次半。然後迷迷糊糊地睡了一會兒，在晚飯前一個小時左右準備離開。我只要撿起內褲穿上就好，但他剛才脫光了全身，所以急得手忙腳亂。

「今天覺得怎麼樣？」

回家的路上，他也聒噪個不停。

「嗯，普普通通。」

「什麼？普通？普通的意思是很爽的意思嗎？」

「很爽是指怎樣的狀態？」

「呃，這個……就好像欲仙欲死之類的，不是嗎？」

「我才沒有欲仙欲死。」

「但妳有高潮吧？」

「有啊。」

「那就是欲仙欲死啊。」

他很開心。

「麻紀，我最愛妳了。」

說完，他用力抓著我的手臂。

我覺得即使對象不是我，他和任何人都可以上床。

哪怕路上隨便一個小有姿色的歐巴桑，或是其貌不揚的大學生，只要有人邀他，他都會和對方去摩鐵，渾身洋溢清新的使命感，在對方的身體內不斷抽送。但是，他對我說：

「我可不是誰都可以的，麻紀，和妳做愛才有意思。」

我覺得他口中的麻紀除了我以外，還可以是很多其他的女人。

不知道我和哥哥在性方面誰先成熟？

我十一歲時初潮，當時，哥哥十六歲，應該還是處男，但那時候他身邊女友不斷，所以，他們應該有摸來摸去，只差臨門一腳，沒有進入本壘而已吧，但我一直覺得自己超越了哥哥。

我推測哥哥在十七歲時有了第一次性經驗。

所以，我決定在比他早一年的十六歲告別處女，而且也的確做到了。

哥哥在女人方面的閱歷，扣除即將要結婚的對象，總共有六人，其中四個是他的女朋友，另外兩個人應該是逢場作戲，或是挑戰之類的，搞不好這種類型的女人有三個。相較之下，我的性閱歷包括目前交往的高中生在內，總共有四個人，和哥哥一樣，這四個人中也包括逢場作戲的對象。哥哥目前二十五歲，我才二十歲，所以，我只要在二十五歲之前再和三個人上床就行了。

無論在心理還是生理方面，我都希望隨時超越哥哥，希望用這種方式把哥哥引導向正軌。

今天忙了一整天。

因爲明天星期天下午一點，哥哥未來的老婆，用普通的說法，就是他的「未婚妻」要上門。

我實在不想讓「未婚妻」這個名字，帶著浪漫而又充滿悲劇色彩的感覺在嘴裡迴盪，但如果給這個字眼加上引號，好像讓她占了優勢，我也無法接受，所以，我決定用極自然的感覺，而且在理所當然的氛圍中，只是爲了方便而稱她爲未婚妻。

三個星期前，就決定未婚妻明天要來我家。

那就像是我們全家人接受審判的日子。爲了避免被宣判「有罪」，我們開始大掃除，以嚴格的標準相互提出意見，共同改善不足之處，請有助於我們改善的人來家裡，改善有待改善的地方。於是，我家變得窗明几淨，乾淨得剛剛好，也把自己整理得乾乾淨淨，這樣才有資格住在這麼乾淨的房子裡，但也是乾淨得剛剛好，不至於到惹人討厭的地步，由媽媽負責拿捏分寸。媽媽做事向來冷靜沉著，一絲不苟，動作俐落，精明能幹。我的冰雪聰明想必不是來自爸爸，絕對是得自媽媽的遺傳。我把請花店送來的那束麝香百合插進螺鈿花瓶中，放在客廳。媽媽說，不要把花放在空蕩蕩的地方，那種讓人覺得缺了點什麼的感覺剛剛好。我說：「有道理。」就把花瓶拿去了自己的房間。

只有哥哥對全家總動員的改善活動意興闌珊。他雖然脖子上掛著打掃用的舊圍裙，但根本連背後的帶子都沒綁，說什麼「不必這麼大費周章啦」，在落葉已經掃得一乾二淨的庭院內，踢著已經消了氣的足球玩，也不願意幫忙我換紙拉門上的紙。我在簷廊上糊著紙，很想對著他大叫：「你少說廢話，趕快幫我把漿糊刷在木框上，否則剛才刷的地方很快會乾掉，障子紙就無法糊平整，會變得皺巴巴的，我們會被判有罪啦。」

但是，一絲不苟的媽媽先開了口：

「我們希望把家裡收拾得乾淨整潔，以嶄新的面貌迎接未來的媳婦進門。」

「她不會在意這些小地方，你們這麼勞師動眾，反而會把她弄得很緊張。」

「不不不，她要和這裡打一輩子交道，而且，她將來也會住在這裡。」

「未免想得太遠了……」

「房子的事很重要，比你想像的更加重要。」

媽媽，妳說得對。我暗自贊同，默默地把漿糊刷在木框上。

房子很重要。哥哥將來會住在這棟房子……如果爸爸死了，媽媽也死了，哥哥就成爲這棟房子的主人，這代表嫂嫂將成爲這裡的主婦。那我要住哪裡？我要去哪裡吃飯？我希望一輩子住在這裡，希望在自己換了新障子紙的紙拉門圍繞下吃飯。

「喂，麻紀！」

哥哥開玩笑地把消了氣的足球踢了過來。

足球打中我的腰，從簷廊上滾了下去。我對著正在大笑的哥哥罵了一句：「白癡」，狠狠瞪了他一眼。我穿著襪子走去庭院，撿起掉在地上的球，朝著哥哥的胯下扔了過去。哥哥閃開了，我斜著身體用力撞了過去，把哥哥撞倒在地上。我們一直笑著。媽媽很受不了地看著我們，但她一臉幸福的模樣。雖然她嘴上說著：「你們兩兄妹眞是的。」但聽起來就像在說「我眞是太愛你們了」。沒錯，這正是我們一家四口齊心協力打造的幸福模樣，宛如糖人般晶瑩美麗！我在媽媽和哥哥溫柔的眼神中跌倒了，充分感受著幸福感在體內奔竄，幾乎快要衝破皮膚。哥哥伸手把我扶起來後，又獨自踢著足球。

我和媽媽一起費力地更換紙拉門上的障子紙。哥哥一直在玩球，不一會兒，去熟識的髮廊剪頭髮的爸爸回來了。

「爸爸，你眞像高倉健啊！」

媽媽叫了起來。

變成高倉健的爸爸也是啓蒙家。

那天吃晚餐時，爸爸啃著魚鰭乾，看著每個人的眼睛，慢條斯理地指導了明天的注意事項。

「你們都聽好了，阿和（這是爸爸對哥哥的暱稱）的女朋友明天要來家裡。」

「不是女朋友。」

我打斷了爸爸。正因爲不是普通的女朋友，止因爲是要和哥哥結婚的對象，今天才特地請很多人來整理家裡，爸爸也變成了高倉健。

爸爸很怠惰，把各種想法說出口之前，都不先用腦漿過濾一下，我忍不住有點輕視爸爸。

「不是女朋友嗎？那是什麼？」

「未婚妻。」

「喔，也對，是未來的未婚妻。」

「不是未來的未婚妻，她已經是未婚妻了。」

「對，是未婚妻，現在妳沒意見了吧？」

其實我對這個前提很有意見，但爲了不掃爸爸的興致，我乖乖地點了點頭。

「我們固然都很緊張，但爲了避免我們家的新成員不自在，大家一定要開開心心地迎接她。家裡有新成員是很了不起的事，在此之前，還是素昧平生的人，如今她需要阿和，也想和爸爸、媽媽、麻紀和睦相處。不是我們挑選新成員，而是新娘挑選了我們，大家都要牢記這一點，絕對不要盛氣凌人地覺得是我們接納她。是我們被她選上了，所以，是新娘很了不起。」

聽到這裡，我終於忍不住，噗哧一聲笑了起來。

「麻紀，怎麼了？」

「爸爸，對不起，但是，這實在太奇怪了。」

「我剛才說的話嗎？哪裡奇怪？」

「你說新娘很了不起。」

「難道不是嗎？新娘挑選了阿和這樣的人，不是很了不起嗎？」

「她挑選了哥哥這件事的確很了不起，但她並沒有挑選我們。只是因爲她選了哥哥，所以就不得不和我們打交道。」

「麻紀，妳的意思是說，我們就像是礙事的附贈品嗎？」

「因爲她要和哥哥結婚，所以就自動和我們變成了一家人。不，我們眞的能夠和她變成一家人嗎？她又不是和我們結婚，只是和哥哥結婚而已。」

「麻紀，麻紀，我要妳馬上拋開這種想法，這種想法太危險了。如果內心有這種想法，心情就會寫在臉上。人絕對不可能自動變成一家人，彼此必須敞開心胸，努力成爲一家人。」

「在還不知道她會不會對我們敞開心胸之前，就要這麼做嗎？」

「我們人多啊，只要我們敞開心胸，她的心胸自然就會打開。」

我對著自己的劉海「呼」地吹了一口氣。

「她只想和哥哥成爲一家人，又不想和我們變成一家人。」

「妳看妳，做人不可以這麼小家子氣。」

「結婚就是男人和女人相愛，想要一直在一起，不是嗎？我們這些家人爲什麼摻一腳，希望她也和我們和睦相處？結婚是兩個人的事，那個人絕對不可能變成我的姊姊，一輩子都不可能。」

我在說「一輩子都不可能」這句話時完全發自內心。爸爸把手上的魚鰭乾放回盤子，一臉嚴肅地說：

「麻紀，結婚並不是兩個人的問題，而是接受未知事物的過程，是不同文化的融合，是戰爭，是和解，也是第三國的介入，是大家共同努力進入的小宇宙。」

我又對著自己的劉海「呼」地吹了一口氣。

「明天還是叫壽司吧。」

媽媽說。

入夜之後，我獨自在房間內回首往事。

我突然感到寂寞，輕輕把耳朵貼在牆上。

哥哥在牆壁的另一端打電話。他在和他未婚妻講電話，我聽不清楚他在說什麼，但我經常隔著這道牆壁，聽到哥哥發出的各種聲音。

我從來沒有讓男生進過我的房間，任何男生都不行。不管是男朋友，還是男性朋友，統統不行。無論他們再怎麼拜託，我都一概拒絕。一旦讓他們進我的房間就完了，在房間裡能做的事只有一件。我不願意讓莫名其妙的分泌液玷污我和爸爸、媽媽、哥哥快樂生活的大福宮殿。

但是，哥哥曾經把歷任女朋友都帶回家裡，通常都趁爸爸和媽媽在店裡忙的時候，我十之八九都在客廳寫功課。哥哥的幾個女朋友都很像，明天要來家裡的未婚妻應該也可以放進同一個系列。哥哥向來喜歡清純而單純的女生，我不屬於這種類型，媽媽也不屬於這種類型。我們都不屬於清純型，而是精明能幹型，遇到生氣的事不會哭，而是會發脾氣。哥哥進門時說「嗨！」地向正在客廳的我打完招呼後走上樓梯，他那些清純的女友也嫣然一笑地說聲「妳好」，跟著他一起上樓。我很識趣地繼續乖乖在客廳寫功課，但有時候鬼迷心竅，躡手躡腳地走上樓梯，走進自己的房間，把耳朵貼在牆壁上。雖然我知道這種行為很不清純，但反正我本來就不是清純型的人，所以根本沒差。我可以清楚知道他們在隔壁進入了哪一個階段，閒聊階段、勾引階段、嘗試階段，還是已經完事了。哥哥總是千篇一律，無論和哪個女孩在一起都採用同樣的模式。那些女生的反應也都一成不變。我每次都用力在內心發誓，絕對不會把男朋友帶回家裡。哥哥並沒有發現我偷聽的事。其實並不是只有我在偷聽，整棟房子也在豎耳細聽，牆壁、窗戶和地板都在偷聽。我們身處大福宮殿內，哥哥和那些女生的呻吟，滲入了包住我們全家人的豆沙餡和Q彈的麻糬內，導致我們的大福帶著淫蕩的味道。從某種意義上來說，哥哥沒有察覺是一種幸運。我發現了這個祕密，所以害怕得渾身發抖，更加無法離開牆壁了，但其實我也已經變成發出這種異味的其中一顆紅豆。

哥哥仍然小心翼翼地和他的未婚妻商量著什麼事。

可能在向她彙報剛才我在吃飯時說的那些惹人不悅的話。算了，我做了那麼多壞事，即使被宣判有罪，也只能接受。說句心裡話，我有點害怕哥哥的未婚妻。她應該已經知道，我反對他們結婚，也無意對她敞開心胸，還知道我有時候和哥哥同睡一張床。我漸漸覺得未婚妻來這個家並不是爲了和哥哥結婚，而是爲了讓我害怕，爲了讓我認清至今爲止所犯下的惡行。

她慢慢走來，身穿婚紗，戴著蕾絲手套的手上亮著免死金牌，打算完全奪走我在這個家中視如珍寶、細細品嘗的，宛如美味蟹膏般的東西。

但是，我到底做了什麼啊？

不需要自問也知道，我至今爲止，做了很多壞事。

我把別人弄哭過十幾次，這還僅止於我所知道的。雖然我應該也做過好事，但除了特別重大的豐功偉績以外，其他都忘得精光了。據我記憶所及的最不起眼、卻也最惡劣的惡行，就是曾經把我的表妹弄哭了，我至今仍然不時夢到這件事。

那是某一年的暑假。那天，我的心情並沒有特別糟。那個表妹才四、五歲，胖胖的，所有表姊妹中，只有她喜歡跟我玩。她是爸爸的妹妹——擔任鋼琴老師、身材也胖胖的惠子姑姑——的女兒，每年暑假，除了姑丈以外，他們一家人都會來我們家住幾天。她有一個姊姊，她姊姊比我大一歲，完全都不理我，反而很積極地對我表現出敵對的態度。她不像她的母親和妹妹那樣虛胖，而是胖得很扎實壯碩，經常偷偷向哥哥送秋波。哥哥當然從來沒理過她，她妹妹的五官長得比較柔和，每次她來我家玩，她那雙黏黏的手就刺激著我內心還不夠成熟、還無法控制自如的虐待慾望。

他們全家來我家玩的那天傍晚，我在車庫內練習騎單輪車，表妹從家裡走了出來，在附近晃來晃去，我在車庫內騎來騎去，邀她說：「要不要去散步？」因爲我終於學會不用扶著牆騎了，所以很認眞地練習騎車，希望學會迴轉的技巧。我不停地轉著小圈，把輪胎磨得嘰嘰作響，表妹在附近轉來轉去，只要稍不留神，就可能會撞到她。聽到我的邀約，她整張臉都露出興奮的表情，可能她那個壯碩的姊姊不理她，或是搶走了她的點心，所以正感到無聊吧。

「那走吧，我們去別墅那裡，然後再繞回來。」

別墅指的是附近的一塊空地，那裡沒有房子，也沒有排水管，只有一片雜草，但有一個用泥土堆出來像是桌子般的平台，大家經常把零食帶去那裡吃，所以那塊空地成為這一帶小孩口中的「別墅」。

「我騎單輪車過去。」

「啊……」我的話音剛落，表妹發出不像是幼兒會發出的低沉聲音，露出淡淡的不滿表情。我溫柔地拉起她的手，她可能以為我要牽著她一路走到別墅。首先是她那張臉。橘色的夕陽、屋內傳來卡卡的〈小狗華爾滋〉（她那個壯碩的姊姊正在彈鋼琴），和她不滿的幼兒臉，就像是撕下爛掉的無花果皮一樣，頓時撕開了我內心邪惡的部分。她以為自己年幼可愛，大家都會讓她……很可惜，這套在我面前吃不開！我凝視著表妹的臉，忍不住咬牙切齒。小孩看到之前還很和善的大人突然不說話，用力瞪著她，就會莫名其妙地哭起來。我在她快要哭出來，搞得雞犬不寧之前，鬆開了牙齒，擠出一個笑容對她說：「我們走吧。」說著，騎在單輪車上向她伸出手。

我們離開車庫，前往別墅的方向。不知道是不是她很高興被騎在單輪車上的人牽著手，她走在路上時，心情似乎很愉快。我不時假裝失去平衡，發出「喔」或是「哇」的驚叫聲，也逗得她哈哈大笑。明明是暑假，卻沒有遇見任何附近的小孩，大家都出去玩了嗎？我最好的朋友小惠家的鐵捲門也拉上了。我突然想起，小惠之前好像說過，他們全家要一起去別墅。「我說的別墅可不是去空地那裡露營，是我奶奶在那須那裡眞正的別墅！」這是每年暑假時，小惠都要說一次的笑話，雖然一點都不好笑，但當場聽的時候，會覺得好像很有趣，忍不住笑出來，每次事後回想，就覺得明明一點都不好笑。

經過拉著鐵捲門的小惠家門口時，我發現手掌感受到的力量和剛才不太一樣。轉頭看向表妹，發現她小跑著，努力和我的單輪車保持並排。我滿腦子都在回想小惠的事，不知不覺中恢復了獨自練習時的速度。我放慢了速度，對她說了聲：「對不起，對不起。」她露出鬆了一口氣的表情，小聲地嘟噥說：「沒事，沒關係。」

不知道是否這句話惹惱了我，還是她臉上露出的安心表情激怒了我，也可能是小惠家的鐵捲門，搞不好是仍然在耳邊響個不停的〈小狗華爾滋〉的錯。我搞不清楚。但是，那時候，我對她，對全世界比我更小的孩子產生了強烈的憤怒。我突然鬆開了她的手，挺直身體，繃緊雙腿肌肉，以當時我能夠騎的最快速度，拚了命沿著住宅區的街道向前騎。幾秒鐘後，在蟬鳴的間歇中聽到表妹發出刺耳的哭聲。我停下雙腳，回頭看她，然後騎回她的身旁對她說：「對不起，別哭了。」然後又牽著她的手。她立刻不哭了，但臉紅得像猴子，可能剛才用手擦了眼淚，整張臉都濕濕的。我又拉起她的手，一起往前進，但這次走了不到五公尺，我又鬆開手，又以飛快的速度騎了起來。她徹底拒絕被丟下，在我後面跑了起來，拚命地追趕。看到她邊哭邊追，我忍不住心想，如果她被車子撞到就慘了，但仍然越騎越快。要讓她陷入比離開娘胎那一刻更嚴重的混亂，要讓她這輩子都忘不了我是個壞人。我在這種使命感的驅使下，兩條腿拚命地踩，哭聲和腳步聲在我身後越來越遠。

當我終於騎到別墅時，從單輪車上跳了下來，連同紅色的車子一起躲進草叢。不出我的所料，不一會兒，表妹滿臉是淚地跑進別墅的草叢。她的肩膀用力起伏，露出近似憤怒的表情。我再度咬牙切齒。既然她跑來這裡，那就鬧鬼吧。我要假裝是鬼，讓她哭死才好。我好像被什麼附了身，滿腦子想著怎麼把她嚇哭，好像只有讓她放聲大哭，才能讓我繼續呼吸。我用丹田發出「嗚嗚!!」的聲音，從草叢中站起來時，用盡渾身的力氣把手上的單輪車丟得高高的，像發了瘋的鬼少女般再度出現在她面前。她嚇得目瞪口呆，立刻如我所願，用力吸了一口氣，準備用整個身心發出恐懼的尖叫。就在這時，我發現一輛熟悉的腳踏車出現在空地另一端的和緩坡道上。

是哥哥。我立刻抱起還在用力吸氣的表妹，躲進了草叢。雖然她剛才準備得很充分，卻只發出很無力的「咿咿」哭聲，我用力抱緊她，一個勁地說：「對不起，對不起。」但她仍然哭個不停，而且，哭得越來越大聲。無奈之下，我只能使出最後的手段，用手摀住了她的嘴。腳踏車的清澈車輪聲音漸漸靠近，但很快就騎遠了。我鬆了一口氣，終於鬆開了手。我的手黏黏的，她似乎很想趕快離開我，雙手往我的臉用力一推，自己不小心一屁股跌在地上，然後頭也不回地跑回家。

「不行，一個人回家很危險。」

我對自己脫口說出的話感到很可笑。對表妹來說，只要注意沿途的車輛，一個人走回家遠比和莫名其妙地厭惡她的瘋狂表姊在一起更安全。我在草叢中找到單輪車後，慢吞吞地追了上去。

回到家裡的車庫時，哥哥正在給腳踏車打氣。

「喔，麻紀，妳回來了。這是送妳的，是夾娃娃機夾到的。」

他從放在腳踏車籃的紙袋裡拿出了傘蜥蜴的絨毛玩具丟給我。那天，哥哥和交往三個月的女朋友一起去遊樂園約會。

我之所以會在那一陣子勤練單輪車，是因爲我希望在騎她不久之前送我的單輪車時能夠用力摔一跤，或是撞到車子，身體受一點輕傷，讓哥哥和她心生後悔，讓他們因此分手。

清純而又純潔的她已經三度把異味帶進了我們的大福宮殿。

我走進家裡，把一點都不可愛的傘蜥蜴送給了仍然脹紅了臉、渾身發抖的表妹。

我似乎從那個時候開始意識到，我愛哥哥的方式和其他兄妹不太一樣。

我做壞事的記憶都和哥哥有關。每次做壞事時，我都會想起哥哥，或是哥哥會實際出現。

我喜歡哥哥的樣子，喜歡他的五官，喜歡他的聲音，也喜歡他不可靠的個性。我喜歡他的名字，喜歡他對食物的喜好。雖然理所當然，我不覺得他是外人。有人說，最大的願望就是喜歡的人能夠幸福，即使幸福的對象不是自己，也要永遠祝福他永遠幸福，我可做不到。如果真的喜歡那個人，如果發自內心地愛著對方，不是會希望一輩子陪伴在他身旁，想要照顧他一輩子嗎？那些爬格子，或是隨著音樂唱歌的規矩人，居然說那不是真正的愛，他們到底在害怕什麼？這些人根本不能相信。

但是，我有時候也會產生質疑，規規矩矩的人會像我這樣愛哥哥嗎？難道爸爸和媽媽的教育出了差錯嗎？還是哥哥身體內有我天生欠缺的什麼東西？先跑進媽媽肚子裡的哥哥沒有把我的那份留下嗎？

難道我爲了想要拿回來，所以才會對哥哥這麼執著嗎？

我泡完澡，全身擦了香噴噴的護膚乳，寫完英文報告，向高中生男友發了晚安簡訊後，去敲了哥哥的房門。

走出房間時，我看了時鐘，已經兩點多了，但我知道哥哥還沒有睡。他在五分鐘前，才終於和未婚妻講完電話，他們整整講了將近兩小時。晚餐後立刻沖了澡的哥哥講完電話後，應該已經準備睡覺了。接下來只要按一下收音機的開關，把房間的燈關掉而已。

我算準了在他做這兩件事前十秒的時間，敲了敲他的房門。

「誰？」

房間內傳來哥哥有點詫異的聲音。

「我。」

「麻紀？怎麼了？」

「我可以進去一下嗎？」

我不等他回答就進了房間。房間內已經關了燈，和我原本想的不太一樣，但收音機的電源還沒有打開，所以房間內很安靜。我反手關上房門，筆直走向哥哥的床。

「幹嘛？」

哥哥坐了起來，伸手摸著枕邊的燈。我搶先一步發現了開關，用手掌遮住了。

「麻紀，怎麼了？又睡不著嗎？」

「不是。」

「那有什麼事嗎？」

「哥哥，你眞的要結婚嗎？」

「對啊，當然要。」

「爲什麼？」

「沒爲什麼啊。」

「因爲她說想結婚嗎？」

「她的確想結婚，我也想啊。」

「結婚之後，你就要離開這個家嗎？」

「應該吧。」

「爲什麼？」

「因爲她會很不自在啊，我住在家裡當然很輕鬆，但她未免太可憐了。」

「你眞體貼。」

「但因爲還有店裡的事，所以早晚還是會搬回來。」

「早晚是什麼時候？」

「那就……」

「什麼時候？」

「不知道，可能幾年後，或是十幾年後吧。」

「我等不了那麼久。」

「妳不等也沒關係啊，反正妳很快也會嫁人的。」

「我嫁人？」

「不是嗎？」

哥哥說話的聲音中沒有絲毫的難過。

我鑽進了他的被子。

「麻紀，妳回自己的房間睡覺啦。」

「但很冷啊。」

「妳已經不是小學生了，不能再這樣了，趕快回自己的房間。」

「我覺得房間裡好像有什麼東西，一個人很害怕，睡不著。」

「妳的老毛病又犯了，如果我搬走了，妳要怎麼辦？妳已經二十歲了，要趕快長大。」

「所以我才傷腦筋啊，你不要搬走。」

「妳也趕快找個老公吧。」

哥哥說完，把身體往牆壁的方向挪了挪。我把被子拉到下巴，注視著天花板。

我知道這樣很不正常，但這是我們兄妹相處的方式。在哥哥的歷任女朋友愛上哥哥的很久之前，在我還不太了解戀愛概念的時代，我們就像現在這樣一起躺在床上，注視著這片天花板。

「哥哥，我不喜歡你結婚。」

「即使妳不喜歡，我也要結啊。」

「你和你的未婚妻，還有我三個人結婚不行嗎？」

「哈哈哈，一夫多妻嗎？不行啦，我老婆會嫉妒妳。」

哥哥沒有說我會嫉妒他老婆，讓我暫時恢復了好心情。但是，我無法碰觸哥哥的身體。

雖然可以睡在同一張床上，但絕對不能碰觸對方的身體。我們從來沒有明說，但這是我們之間的默契。以前我們曾經相互搔癢，或是掐來掐去，沒有任何不能觸碰的地方，不知道從什麼時候開始變了樣。是哥哥上中學之後？還是我月經來了之後？還是更早之前？

我想不起來，如今，我們即使睡在同一張床上，也只能各睡各的。

「麻紀，今天是我們最後一次一起睡覺，雖然我暫時繼續住在家裡，但如果我老婆知道了，一定會很受打擊，爸媽也一樣，所以，下不爲例。」

「你說我生病就好了。」

「需要有人陪睡的病嗎？那妳可以去找媽睡啊。」

「但爸爸也睡在媽媽旁邊啊，而且，我才不想和媽媽睡，好像會有滿身的女人味道。」

「妳不喜歡女人的味道嗎？」

「我又不是同性戀。」

「麻紀，妳現在的男朋友是怎樣的人？」

「高中生。」

「什麼？高中生！這是犯罪吧？」

「這是經過當事人同意的，而且，我是他的餌食。」

「餌食嗎？從某種意義上來說，我也是餌食。」

餌食這個字眼突然在床上，躺在我和哥哥的身體之間空蕩蕩的地方，好像我們的孩子般急促呼吸起來。

　　我想起幾年前，曾經在路上拋下的那個表妹幼小的臉龐。她絕對是我內心殘忍的餌食。那次之後，我暗自期待她再也不想來我家了，沒想到完全出乎我的意料。每年暑假，她就和當鋼琴老師的媽媽，以及整天臭著臉的姊姊一起來我家。姊妹兩人經常在爸爸爲我買的立型鋼琴前四手連彈〈拉德茨基進行曲〉，她們彈得很激烈，好像在說，我們要把這台廉價鋼琴彈壞。每次聽到鋼琴聲，我就很擔心她們長大之後，會聯手報復我，所以每次都躲回自己的房間，摀住耳朵。

　　幾年前，惠子姑姑和分居多年的姑丈離了婚，兩個女兒跟著父親一起生活。所以，我已經很久沒有看到她們兩姊妹了。

　　回想起數年前令人不愉快的噪音，我的眼前突然浮現出成爲我內心殘酷餌食的表妹，坐在她壯碩的姊姊肩膀上，披著頭紗，接受哥哥親吻的樣子。我忍不住渾身發抖，叫了起來：

　　「對啊，我們是餌食！是男人的、女人的、爸爸和媽媽，還有其他厚臉皮的人的餌食。」

「喂，喂，前面我還能理解，說爸媽什麼的就太離譜了吧？」

「不，一點都不離譜。因爲你一出生在這個家，就必須繼承和菓子店，我要被趕出這個家，這也要怪其他很多厚臉皮的人，怪那些不是我們家人的人。」

「沒有人會趕妳走。」

「當然有！因爲你一旦結婚，你太太一定會覺得我很礙事。」

「她才沒有這麼壞心眼，她個性溫柔，心地善良，一定可以成爲妳……像妳的親姊姊。」

我忍無可忍，坐了起來。

我轉頭俯視哥哥的臉。

眼睛已經適應了黑暗，我看到哥哥閉著眼睛。哥哥藍色格子睡衣的衣領歪了，我看到他粗壯脖子上的青筋。

我很想殺了哥哥，但我知道我做不到。爸爸和媽媽會難過，而且，我希望抬頭挺胸地在燦爛的陽光下生活，不想在又冷又小的監獄裡過一輩子。因愛而殺人只是藉口，只有嫉妒、憎恨和悲傷才能成爲殺人的理由，愛這麼美好的東西不可能殺人。如果因愛而殺人，是對愛的褻瀆。

哥哥發出均勻的鼻息。他似乎累了。哥哥累了的時候，發出的鼻息很不規則，不時夾雜著好像電車減速時的刺耳聲音。

哥哥只是被人愛，到底爲什麼會這麼累？

我再度鑽進被子，小心翼翼地把手伸向兩個人身體之間的空間，想知道剛才出生的餌食——我和哥哥一起生的孩子是否還在呼吸。冰冷的床單那一側，有一個溫暖的身體。是正在呼吸的男人身體。

我並不想成爲哥哥的新娘。

但是，想到哥哥從今以後，一輩子都要和他的新娘每天晚上都看著我陌生的天花板睡覺，就眞的很想哭。

天快亮了。

我要回自己的房間。

鬧鐘響了，我伸手拿起手機，發現高中生男友傳來了簡訊。

「今天可以見面嗎？」

我打了「不行」之後，懶得轉換成漢字，就直接發了出去。

從哥哥房間回來後，我也整晚沒有闔眼。心灰意冷的膿汁以和天亮相同的速度，漸漸在我身體內擴散，讓我難得想要自我反省。我看著男友立刻回覆的「啊～爲什麼!?」的哭泣表情符號，以及三個向下的箭頭，覺得差不多該和他分手了。我覺得因爲自己帶著這種半吊子的心情，和輕浮的高中生玩什麼戀愛遊戲，才會造成目前這樣的結果。我只是爲了塡補內心的空虛，名正言順地放大內心無聊的自卑感，讓自己變得複雜而罪孽深重。什麼立領男，什麼本能記事本。不，不對，不光是這樣而已，我的呼吸、髮型，我說的話，以及把別人惹哭的事，都變成了惡性腫瘤，導致了目前的事態。哥哥的婚事因爲這些龐大而細微的因子，在一年後將要實現。雖然事到如今，消除某一部分因子也於事無補，但我仍然想要發揮毅力，消除這些因子，最終變成一張白紙。我要改變呼吸的方式，剪掉頭髮，也要改變說話方式，去找生活在某個地方的表妹，向她磕頭道歉。太簡單了。我只能用這種方式取消哥哥的婚事，也許這麼做很無聊，也無濟於事，但我還是要這麼做。

洗完臉，我去了客廳。平時這個時間，爸爸早就去廚房準備了，今天有「新的家庭成員」上門，所以店裡的事就交給徒弟和弓子阿姨，他正在客廳看報紙，水藍色的睡袍穿在爸爸身上很好看。爸爸總是那麼英俊瀟灑，我以爸爸爲傲。我最喜歡把爸爸用關節粗大的手指做出可愛的草莓大福，送進我的嘴裡。但是，我對爸爸的這種感情和對哥哥的不一樣。我愛哥哥，但無法用那種方式愛爸爸。

「麻紀，早安。」

正在看報的爸爸抬起雙眼向我打招呼。他那雙眼睛露出手藝人特有的，雖然溫柔、卻和仔細挑選每一顆紅豆般時相同的眼神，讓我忍不住臉色發白。

「早安，爸爸。」

「麻紀，吃完早餐後，馬上去換一套像樣的衣服。」

「爲什麼？」

「沒爲什麼啊，阿和的女朋友不是要來家裡嗎？」

「不是女朋友，是未婚妻。而且她一點來，現在才九點。」

「啊，對，是未婚妻，啊喲，都一樣啦。」

「不一樣。」

「爲什麼？」

「爸爸。」

「嗯？」

「爸爸！」

「嗯？」

「爸爸!!你還不了解狀況嗎？你是最應該了解狀況的人，卻不了解嗎？事情不是很清楚嗎？正因爲不是普通的女朋友，我們全家才會從之前就陷入了這種可怕的、令人難以想像的，好像全家人都要一下子死光光的大恐慌嗎！」

爸爸嚇到了，把報紙放在桌上。我正在哭。

「大恐慌？我們家嗎？全家人都死光光，是我們全家嗎？」

媽媽把煎好的火腿連同平底鍋一起從廚房拿了進來，火腿在平底鍋上發出滋滋的聲音，變成咖啡色泡沫的熱油濺到了桌布上。

「麻紀，妳怎麼了？」

媽媽瞪了爸爸一眼，跑到我的身旁，用戴著廚房手套的手撫摸著我的背。我用力咬著牙，繼續哭個不停。

「麻紀，麻紀，妳怎麼了？發生什麼事了？爸爸，到底是怎麼回事？」

「我說錯話了，我把阿和的未婚妻說成是阿和的女朋友，所以，麻紀就哭了……」

爸爸太單純了。明明是他們生下了我，卻不好好保護我。我詛咒著自己有一半源自爸爸的身體。我因爲是爸爸和媽媽的女兒，所以才會變成現在這樣。如果我生在隔壁豆腐店，或是變成小惠，我就可以光明正人地愛哥哥了。

「麻紀，到底發生了什麼事？應該不光是這個原因吧？是不是有其他更傷心的事？」

「不，事情就是這樣。因爲我沒有說未婚妻，所以麻紀才會這麼難過。麻紀，對不對？爸爸錯了，妳原諒爸爸。」

「爸爸，你眞是的，麻紀怎麼可能因爲這種事就哭呢？」

「但事實就是這樣。麻紀，對嗎？趕快把眼淚擦一擦，什麼大恐慌，爸爸會把它和火腿一樣吃掉。如果妳想說什麼就說出來吧。」

「那我就說了。」

我泣不成聲，但用力吸了一口氣，準備據實以告。

「我……我和哥哥……」

「不必說了。」

媽媽打斷了我。我的口水嗆到了氣管，用力咳了起來。

「麻紀，妳什麼都不用說。妳沒有錯，再去洗洗臉吧。」

媽媽抓住我的雙手，好像在拆紙拉門時一樣，把我從客廳推到走廊上。

我獨自站在關上的門外用力咳嗽。

我爲什麼突然得到了原諒？我不懂，但媽媽的表情很可怕。即使我考試成績低於平均分數，即使我高中時把頭髮染成綠色時，媽媽的表情也沒有那麼可怕。即使趁媽媽睡著的時候，把她的頭髮全都剃光，她應該也不至於露出那麼可怕的表情吧？我眞的不知道爲什麼媽媽會露出那麼可怕的表情。客廳內沒有絲毫的動靜，爸爸和媽媽都屏住呼吸，等待我的下一步嗎？他們在等我咳嗽停止嗎？這時，我的腦海中沒來由地浮現出身穿白色工作服的爸爸和媽媽並排站在門內的樣子。爸爸的手掌上放著扁平的白色麻糬，媽媽的手上放著揉成小圓的豆沙餡。我恍然大悟。搞不好他們全都知道。他們早就知道我們的大福中出現了異味，手藝人和他的妻子用細膩的動作排除這種異味，準備了大量美味的豆沙餡和麻糬，慢慢加以修復。

二樓傳來開門的聲音，哥哥下了樓。他仍然穿著藍色格子睡衣，頭髮睡得東翹西翹。因爲和平時沒有任何不同，淚水再度湧入我的雙眼。什麼異味不異味根本不重要，唯一肯定的是，這樣的早晨，原本以爲可以持續到永恆的這種晨間景象，很快就要消失不見。即使爸爸和媽媽準備再多的豆沙餡和麻糬，都不足以塡補哥哥被新娘吃掉後留下的空缺。

「麻紀，妳怎麼了？」

哥哥在第三級樓梯上停下腳步，我忍不住抱住了他。

我不想再理會誰知道了什麼，也不管有誰在小心防範，更不管什麼禁忌，我把滿是淚水的臉在哥哥穿著睡衣的胸前用力磨蹭。哥哥站在那裡，一動也不動，雙手無力地垂在身體兩側，始終不伸手抱住我的後背。我感到絕望。絕望的滋味清新而甘甜，就像新鮮摘下的草莓味道，完全沒有異味。

關閉的門內仍然沒有任何動靜，爸爸和媽媽想聽就聽，想看就看吧。我們住在同一個大福宮殿內。

「麻紀，妳讓開，我要去廁所。」

我拚命搖頭。

「我現在就要去，不然快尿出來了。」

我的雙手更用力抱住哥哥。

「麻紀，饒了我，我眞的憋不住了。」

哥哥拉開我的身體推到一旁，走向廁所的門。我追了上去，廁所門在我面前關上。我聽到一大泡尿流進馬桶的聲音。

「哥哥。」

我把嘴唇貼在門上說。

「啊？」

「哥哥，你快點出來。」

「我馬上就出去。」

「趕快，現在馬上出來。」

我聽到沖水的聲音，哥哥抓著頭，走了出來。我拉著他的手，把他的身體推進玄關旁的和室。昨天剛換的障子紙散發出粉粉的漿糊味。

「麻紀，怎麼了？要和我說悄悄話嗎？」

「哥哥，現在馬上離開這個家。」

「啊？為什麼？是在玩什麼遊戲嗎？」

「不是遊戲，我是認真的。繼續留在這個家裡，你和我都無法做真正的自己。」

「妳在說什麼啊，我隨時都是真正的自己啊。」

「你不要結婚了，和我一起生活。我可以休學，也可以去工作。總之，你要放棄結婚。然後，和我一起，只有我們兩個人一起生活，直到爸爸和媽媽同意為止。之後，我們再回來這裡，一家四口住在一起。」

「麻紀，別再胡說了。妳有問題，妳到底怎麼了？」

「哥哥，難道你不知道嗎？」

我意味深長地沉默著。哥哥的眼角有眼屎，我伸出手，想把他的眼屎拿下來，塞進自己的眼睛。哥哥一把推開我的手。

「對啊，我不知道。」

「那我就說了。」

「好啊，妳說吧。」

「我們……我們……」

我屏住呼吸，目不轉睛地盯著哥哥的雙眼。

「我們彼此相愛。」

哥哥站著不動，然後走出了房間，好像根本沒聽到我剛才說的話，好像我根本不在那裡。

「哥哥！」

我追了上去，抓住了他的手臂。哥哥的上半身用力搖晃了一下，把我推向走廊。被他推倒時，我不加思索地緊緊閉上了嘴，不小心咬到了臉頰內側的肉。

哥哥冷冷地低頭看著我。

「麻紀，我之前就隱約察覺到，妳眞的有問題，思考完全不像二十歲的女孩子。妳去跟媽說，讓她帶妳去該去的地方。」

「哥哥。」

「妳暫時別跟我說話。」

哥哥走進客廳，我聽到他們三個人互道早安的聲音。既然我可以聽到他們的聲音，代表裡面也可以聽到剛才我和哥哥之間的對話。

我癱坐在地上，試圖在嘴裡再度回味剛才得到的絕望甘甜滋味。草莓的味道消失了，只剩下鐵鏽般苦苦的鮮血味道。

我回到房間，一直哭到中午。

十二點五十五分時，我們全家人都在客廳等候。

餐桌上放了三個特級壽司的壽司桶。

爸爸穿上了爲了迎接今天，特地去伊勢丹買的高級襯衫，搭配很有品味的深綠色毛衣，雙手在肚子上輕輕交握。媽媽穿了一件比爸爸的毛衣顏色亮一點的克什米爾開襟衫，頭髮也盤了起來，看起來不至於太華麗。今天化的妝比平時在店裡時更淡，顯得格外漂亮。我不禁想起每逢學校的教學參觀日，媽媽站在教室後面時，總會讓我感到很驕傲。

我也穿上了爲了今天，特地去伊勢丹買的粗呢洋裝。那是一件很典雅的黑色洋裝，四方形的領口上有一排包釦。胸前掛了一根小十字架的項鍊，頭髮向後梳綁成馬尾，用絲巾紮了起來，腳上穿了黑色的薄絲襪。我知道自己即使一身西式打扮，看起來仍然氣質出眾，有著和菓子店女兒特有的溫和賢淑。但這並不是我的功勞，而是因爲每天呼吸爸爸、媽媽和這棟房子散發的空氣。

只有哥哥一身平時的假日打扮。他穿了一件背後有著大大「32」數字的連帽衫，下面穿了一條自己剪了洞、以爲這樣比較帥氣的牛仔褲。「32」到底是什麼？哥哥眞不懂得看場合穿衣服，完全穿錯了衣服。這時，我似乎終於恍然大悟。哥哥並不和我們站在同一陣線，審判我們全家的並不是他的未婚妻，而是哥哥。哥哥是法官。他和他的未婚妻一起拿著有罪、無罪的牌子，嘻皮笑臉地看著我們蒼白的臉。難怪他不幫忙我換紙門的障子紙，也冷淡地拒絕我的懇求。我第一次有點恨哥哥。

哥哥露出和法官的威嚴相去甚遠的一臉呆相，不時浮現不安的表情，不停翻開手機。他完全沒有看我一眼，也不稱讚我的洋裝，更沒有開玩笑地拉我的絲巾。只有在爸爸和媽媽閒聊的空檔，聽到他翻開手機的「啪答、啪答」聲。

爸爸和媽媽正在討論店裡的事，弓子阿姨的排班、宅配的數量，還有這一陣子隔壁的豆腐店如何如何……，總之，都是根本不需要現在討論的問題。我聽到媽媽說，等一下還是去向弓子阿姨打聲招呼比較好。媽媽難得這麼頭腦不清楚。這是我們的家務事，爲什麼要把弓子阿姨扯進來？我們一家人不是我們這幾個家人而已嗎？對了，一個月前，我們曾經是多麼幸福美滿的家庭……。

啪答、啪答的聲音越來越大聲。再聽幾次這個聲音，那個女人就會出現吧？她正慢慢靠近中，當我靜靜地穿著洋裝，用黑色絲襪磨著地板，重新綁好絲巾，看著哥哥的時候，新娘已經來到家門口。

叮咚。門鈴響了。

爸爸、媽媽和哥哥互看了一眼，好像聽到命令似的站了起來，魚貫走向玄關。

我獨自走去廚房，打開桌上的保鮮盒，吃起了大福。白色的粉末弄髒了嘴巴周圍，也沾到了洋裝的胸前。

「歡迎歡迎。」門口傳來向來一絲不苟的媽媽的聲音。

愛意誕生的日子

全家人都鬱鬱寡歡。

星期天之後，他們就一直鬱鬱寡歡。

上班太好了。朝陽太好了。在擁擠的電車人潮中，發現帥氣的女人或是可愛的女人，悄悄地打量、偷偷地打量她們無疑是人生一大樂趣。下了電車，隨著人潮走了沒幾步，就到了公司大樓。即使走路的時候打瞌睡，也能走到公司。抬頭看向公司大廳內挑高空間內的大鐘樓，發現剛好八點半，簡直就像是事先算好的。我心滿意足地搭上電梯，在十五樓走出電梯，我特別喜歡聽員工證的條碼放在門口機器前時發出「嗶嗶嗶……咔嚓」的聲音。在「嗶嗶嗶」的時候有點緊張，聽到「咔嚓」時，終於鬆了一口氣。機器每天早晨都發出這種聲音，爲我打開門鎖。用綠色閃爍的燈光向我示意：「ＯＫ，請進。」那個機器眞不錯。我每天早上都受到歡迎。那一剎那，是我一天之中最閃亮的瞬間。

推開巧克力色的門走進去，就是馬塞洛食品公司的辦公室。

一進門的右側，新商品的點心樣品和手掌大小的馬塞洛娃娃從堆積如山的紙箱裡溢了出來。櫃檯小姐每個月都會從櫃檯搬來這裡。每個月並不是只推出一項新商品而已，我們公司每個月有十幾二十種新商品上市。取了新名字的新零食，是以前市面上沒見過的零食。我們靠不斷推出未知的零食，開拓這個世界的價值，我應該為此感到驕傲。我環視辦公室，辦公室內沒幾個人。我把手伸進紙箱，抓了一把樣品，也順便拿了戴著紅白圍裙的馬塞洛娃娃的手機吊飾，之前沒見過這款造型。我家雖然開和菓子店，但全家人都喜歡吃巧克力和餅乾之類的東西，我進這家公司時，全家人都很高興，尤其是麻紀。麻紀……。

想到麻紀，讓我一大早就心情沉重。

我昨天也從紙箱裡帶了樣品回家，像往常一樣放在玄關，但沒有人拿去客廳的桌子上，我只好自己去玄關，把樣品整齊地排在桌上的點心籃裡。爸爸和媽媽都吃了，但麻紀堅持不吃。我想，不久之後，她就會基於好奇心和嘴饞拿來吃。

我把公事包放在自己的辦公桌上，把大衣掛在角落的衣架上。風間小姐手上拿著一個好像銀色刷子般的東西站在衣架前，看到我，露出了驚訝的表情。

「早安。」

我主動向她打招呼，她回了一聲「早安」後，把刷子放進了大衣的口袋。

「那是什麼？」

我問。風間小姐從口袋裡拿出刷子回答說：「用來刷毛球的，要不要我幫你也刷一下？」

我愣了一下。

風間小姐說：「沒關係。」硬是把我的大衣掛在衣架上，用刷子在羊毛質地的表面刷了起來。風間小姐是四十過半的歐巴桑，看起來並不比實際年齡年輕，但我覺得她的言行舉止似乎有不單純的動機。

看著風間小姐刷完毛球後，我向她道了謝，走回辦公桌。

新的一天即將拉開序幕。

我先去了廁所，整了整在通勤路上弄亂的髮型。這時，穿著大衣的小島走了進來。「嗨，早啊。」我們相互打了招呼。小島把公事包遞給站在洗手臺前的我，走向小便池。

「我說你啊。」

小島拉下拉鍊時說道。

「怎麼了？」

「下次讓我見見你未婚妻。」

「喔，好啊。」

「她是美女吧？」

「算是吧。」

「她和麻紀誰比較漂亮？」

小島喜歡麻紀，所以才會這麼問。我帶麻紀和他見過三次，他對麻紀越來越有好感。

「我在問你啊，誰更漂亮？」

小島尿完後，站在洗手臺前，右手稍微沾了沾水，然後用濕濕的手接過我幫他拿的公事包。我拿出千鳥格圖案的手帕擦了擦西裝上被他濺到的水。

「快說嘛，到底誰比較漂亮？」

「這……」

爲了使麻紀能夠在小島心裡繼續保持崇高的地位，我故弄玄虛地說：「嗯……如果論自然的美……應該是麻紀吧。」

說實話，也的確是麻紀比較漂亮。不管從自然的美還是小島的印象而言，都是麻紀比較漂亮，而且，麻紀聰明又可愛，但是，想到麻紀，我的心情就不由地沉重起來。

「是喔，原來是這樣。像麻紀這麼出色的美女很少見，即使眞的有，恐怕也會有陷阱。雖然你女朋友沒麻紀漂亮，但還是個美女吧？啊喲啊喲，別那麼小氣，帶給我看看嘛。」

「我才不會小氣，你什麼時候方便？」

「星期五呢？」

「星期五……這麼快喔。我沒問題啊，我問她看看。」

「她叫什麼名字？」

「富子。」

沒錯，很快就會成爲我妻子的未婚妻叫富子。

富子很好。富子很出色。富子是我的早晨。只要和富子在一起，我就覺得自己很受歡迎。當我注視富子時，她的雙眼會發出光芒，專心一致地向我發出暗號：你很ＯＫ，請進。你很ＯＫ，請進。

所以，我決定和富子共享這個世界。

我在受後輩萬田的邀約參加聚餐時，遇到了富子。

當時，我剛甩了當空姐的女朋友，內心傷心不已。雖然自己甩了別人，還說什麼傷心，聽起來很不要臉，但事實的確如此。我真的受了重傷，因爲我當了壞人。我希望隨時都當好人。

小島就做不到這一點。他每次都等女方提出分手，據他說，他希望把能夠說「我甩了那個娘娘腔的笨男人」的快感，當作分手禮物送給對方，他認爲這是對已經不愛的女生最低限度的禮貌。所以，即使想要分手，也努力忍下來。讓對方感受到他的態度後，主動提出分手。無論如何，在即將談到分手話題時，故意閉嘴不說話。對方一定會心浮氣躁。假設，這只是假設而已，假設麻紀和小島交往，一口小島在麻紀面前表現出這種態度，麻紀必定會立刻看不起他，表現出比他更冷酷的態度，兩個人一直冷戰下去，直到對方投降，向她求饒：「拜託妳和我分手吧」爲止。麻紀絕對是即使被人甩，也能夠占上風的女人。總之，如果已經沒有感覺，卻要等對方提出分手，或許很有禮貌，卻不夠眞誠。雖然這個世上也有不眞誠的禮貌，但我們兄妹在任何事上都追求眞誠。

不知道大家遇到這種情況時會怎麼解決？也就是對方還愛自己，但自己已經不愛對方時，都是怎麼做的？話說回來，這個前提也很奇怪。搞不好對方也已經不怎麼愛我了。我從以前開始，就一直在重蹈覆轍。

總之，那天我受後輩萬田邀請，參加了聚餐。

不用說，我去的目的當然是希望遇到漂亮女生交往看看。大學時代曾經踢美式足球的萬田和我屬於完全不同種類的帥哥，老實說，我心裡抱著很大的希望。那天除了我和萬田以外，還有另外一個男人，我忘了是萬田的同學還是學弟，和萬田一樣，都屬於又黑又壯的運動型。那天也有三個女生，但那幾個女生好像另外有約，所以有時候是兩個人，有時候又變成四個人。有四個女生時，我的目光停留在離我最遠位置的女生臉上。

那個女生一頭長髮垂在兩側，細長的眼睛心不在焉地看著點菜的按鈴。然後，把唯一的一本菜單直放在桌角，歪著頭看著菜單，向舉棋不定的其他人提出建議：

「要不要先點炸魷魚腳？」

沒有人聽她說話，但我立刻覺得我認識她。我認識這個女人，而且很了解她，甚至覺得對她的身世和成長過程的了解更勝於她自己。這難道就是命運嗎？我差一點覺得自己接受了某種偉大力量的啓示，但仔細打量之後，發現並不是這麼回事。我只是認識她而已，沒有半點神祕的意思，單純只是之前見過她。

「小富？」

我叫著她的名字，坐在對角線上的富子對我露出羞澀的微笑。從她的微笑中，我知道她也認出了我，應該在我發現她之前，就已經認出了我，八成是她一走進這家酒店時，就已經認出來了。

其他人完全不在意我突然叫著她的名字，然後兩個人在桌子兩端相互微笑的奇怪行徑。但是，對我們來說，我們的邂逅從那個瞬間開始，就成爲那晚的一切。富子對著我微笑，按了點菜的鈴。

「雞翅餃，來兩盤吧。還有，雞肉丸相撲火鍋，一根醃茄子，還有……」

坐在富子對面的萬田在點菜時，我們仍然相互凝視。點完菜後，我們收起了視線，再度和原本聊天的對象繼續剛才的話題。

我和坐在我對面那個還算漂亮的女生很談得來，一直聊個不停，心卻在富子身上。富子也和萬田聊得很投機，我感到很不爽。因爲富子比以前漂亮多了。

結束之後，我們又去續攤，相互交換了電話，在車站前解散了。我和富子好像一開始就只有我們兩個人似的，搭上同一輛電車，在同一個車站下車，去了一家營業到凌晨五點的小酒吧，聊了很多往事。我們在隔週開始約會，在第十次約會時，決定認眞交往。

交往一個月左右，萬田帶著他的女朋友，還有我和富子一起去韓國旅行三天兩夜。我在韓國向富子求婚。萬田的女朋友事先幫我調查後告訴我：「那是當地女生力推的求婚地點。」那是首爾市區老舊街區角落的健康中心，當我們身上套著布袋，並肩坐在汗蒸幕內，不知道爲什麼，激發了我前所未有的浪漫情懷，覺得兩個人關在狹小黑暗的空間，各自流著汗的瞬間，是人生最美好的瞬間。當我回過神時，發現自己脫口對她說：「富子，我們結婚吧。」那不是提出要求，反而像是一種新的感情，富子應該也覺得那是感情，所以回答說：「結婚？好啊。」

之後，我們開始面對各自的問題，各自流了渾身的汗，排出各自體內的代謝廢物。

一切都順順當當。

我們的婚約就這樣成立了。雖然那時候距離重逢還不到三個月，但我們接受了這樣的關係，並感到幸福無比。

只有一個棘手的問題。

富子是我的表妹。

下班後，我打電話給富子。富子沒有接電話，但很快回撥給我。

「怎麼了？」

富子在電話中的聲音比面對面說話時感覺更凶，平時的她更溫柔，但電話中聽起來凶巴巴的。

「妳星期五有空嗎？」

「星期五？有什麼事嗎？」

「朋友說要一起去喝酒。」

「哪個朋友？」

「公司的同事，他說想見見妳。」

「是喔……星期五……應該沒問題，但可能要八點多，可以嗎？」

「好啊，那就約八點。地點決定之後，我會再通知妳。對了，妳已經下班了嗎？」

「正準備離開。」

「是嗎？那一起去吃飯吧，我現在就去新宿。」

「不行，我今天要去上馬林巴課。」

「幾點開始上？」

「八點半。」

「那可不可以見一下面？我們去看戒指。」

「好啊，但真的只能一下子而已喔。」

我們約在三越的蒂芬妮專櫃見面。我到的時候，富子已經到了，但沒有看戒指，而是在看項鍊。

我站在不遠處打量著富子。我的未婚妻富子穿著黑色大衣，脖子上圍了一條鬆鬆軟軟的咖啡色圍巾，穿了一雙黑色馬靴，手上拿著在韓國買的ＬＶ皮包。我的未婚妻富子是一個隨處可見的女人，雖然漂亮，但只是普通的漂亮，走在新宿街頭，不是那種會讓男人回頭多看幾眼的女人。然而，富子是唯一和我發誓永遠相愛的女人，從她和我邂逅的一年半前，無論發生天大的事，她每週三都堅持去馬林巴教室上課，從不缺席上課的這份踏實，就可以證明她的誓言將永永遠遠持續下去。

我在心裡輕喚了一聲「我的未婚妻」後，叫了一聲：「富子！」富子轉過頭對我微笑著說：「辛苦了。」然後，她挽著我的手，兩個人一起看了櫃檯內閃閃發亮的戒指。「兩位想找戒指嗎？」站在玻璃櫃檯內的店員問道，我傻傻地老實回答：「對，我們在找訂婚戒指。」結果店員就卯起來推銷，但富子要去上課，再不去車站就快來不及了。我向店員微微欠身道歉，走出了百貨公司。

富子一邊走，一邊對我說：

「對不起，讓你特地跑一趟。」

「沒關係，我也想見見妳。」

「謝謝。下個月有發表會，不是我一個人，還有老師和其他學生一起表演六重奏。你沒看過六台馬林巴木琴一起演奏吧？很震撼，到時候你要來看喔。」

「好，我會去。」

「對了，是星期五要吃飯嗎？」

「對，星期五。不好意思，臨時約妳，但我朋友吵著說要見妳，等時間和地點決定之後，我會再通知妳。」

「是喔……好，那我先走了。」

富子要去高田馬場上課。她快步走進ＪＲ的剪票口。我的未婚妻富子道別時很乾脆，我獨自沿著來路走了回去，經過三越，又走過丸井，過了斑馬線。

我走去二丁目的酒吧「水滴」。雖然我去那裡的次數算不上是老主顧，但老闆還記得我。我和小島每年會來這裡兩、三次，半個月前才來過一次，這是我第一次獨自上門。

推開酒吧不大的門，走進店內，老闆阿興把方臉皺成一團說：「啊喲，稀客啊。」吧檯前的七個座位中，角落坐了兩個有點年紀的女人，另一端坐了一對年輕的情侶。男人把一頭黑人頭的長髮綁在腦後，女人的頭髮短得好像平頭，穿著好像內衣般的小可愛坐在那裡。他們應該都是藝術家。

「你好。」我在正中央的座位坐了下來。

「好久不見了。」

阿興嘟著嘴說。他今天也穿了一件好像日式旅館的管家所穿的暗色和服，我不知道這種和服的正式名稱，他還像在練毛筆字時那樣，用布條把袖子綁了起來，耳朵上戴了很大的四方形耳環。站在他旁邊的人笑嘻嘻的，但我之前沒見過。

「今天阿健怎麼不在？」

「他去其他地方幫忙了，這位美位子，你之前沒見過吧？」

美位子一頭接近紅色的紅棕色長髮及腰，用沙啞的聲音說：「我是美位子，很高興認識你。」從聲音判斷，應該是女人。

阿興從吧檯裡走了出來，接過我的大衣。我突然想起口袋裡還有零食樣品，除了馬塞洛娃娃的吊飾以外，全都交給了他。

「啊喲，太謝謝了。新產品嗎？如果阿健知道你要來，他一定懊惱死了。」

阿興從身後的酒架上拿下我和小島存放的那瓶眞露酒放在桌上。我喝著綠茶兌的酒，聽阿興聊了最近店裡的情況，以及今天沒來的小島的近況。當我們暫時停頓時，右側的那兩個女人找阿興說話。雖然如果我插話，應該可以加入談話，但我決定和在我面前的美位子聊天。

「美位子，妳什麼時候來這家店的？」

「我想想，嗯，差不多半年前。」

「是嗎？我剛好那時候來過，只看到健二而已。」

「是喔？我有時候來，有時候沒來，但最近每天都來。」

「是嗎……」

我沒話可說了，所以就沉默起來。用綠茶兌的酒喝起來不過癮，而且我肚子很餓。我不想吃柿種米果，想要來一盤炒飯之類可以塡飽肚子的食物。既然這樣，我爲什麼不回家？答案很簡單，因爲全家每個人都鬱鬱寡歡。我可能還是很在意他們的態度。

「你每次都一個人來嗎？」

「啊？我嗎？不，平時都和朋友一起來，今天是我第一次一個人來。」

「啊喲，是喔。」

我看著放在眼前的眞露酒的綠色酒瓶。

之前來這裡時開的這瓶酒瓶身上用白色麥克筆寫了我和小島的名字，兩個名字寫在一起，好像是兩個準備結婚的人相愛的誓言。但並不是我和小島結婚，而是我和富子。我把瓶子轉了半圈，不想看我們兩個人的名字，沒想到「我會一輩子愛紀子!! FOREVER」這行字映入眼簾。那是我寫的字，絕對錯不了。太猛了。原來我半年前深愛著紀子，忍不住在這個酒瓶上寫「我會一輩子愛紀子 FOREVER」這種話。她現在仍然一天在羽田和高松之間，或是在羽田和南紀白濱之間飛來飛去好幾趟，向乘客推銷半溫不熱的蔬菜湯騙錢吧……。

我向美位子借了一支白色麥克筆，把紀子的「紀」塗白後，在旁邊寫了一個「富」子。不，我曾經愛過紀子，這是事實，這麼做對紀子、富子，以及對我的人生歷史都太失禮了。既然不小心改錯了，那我喝完這瓶酒之前，就無法離開這裡。

「富……子？你現在的女朋友叫富子嗎？」

美位子把脖子扭向很不自然的角度，把酒瓶上寫的字念了出來。我急忙糾正她：「不是女朋友，是未婚妻。」我也不知道爲什麼要特地澄清。

「啊喲，你要結婚了嗎？阿興，若哥要和一個叫富子的人結婚了。」

前一刻還聊得口沫橫飛的那兩個女人和阿興同時轉頭看著我，叫了一聲：「啊喲。」爲我鼓掌。阿興慌忙從吧檯裡走了出來，在我和那兩個女人中間的空位坐了下來，摸著我的大腿，嬌滴滴地嘟著嘴說：

「若若，爲什麼這樣輕易結婚了？你根本不必急著結婚，即使再玩幾年，也有大把對象隨你挑啊。」

「阿興，你別亂摸。」我把身體躲開，撥開他放在我大腿上的手，哈哈哈地笑了起來。阿興身旁的女人也伸長脖子說：「對啊，眞是太可惜了。」

「我問你，富子小姐是怎樣的女人？」

美位子把火腿拼盤放在我面前時問。

「嗯，就是很普通的人。」

「怎麼可能普通？一定有什麼特別的地方。她是做什麼的？你們是在哪裡認識的？」

「眞的只是普通的公司女職員，我們也是在聚餐時認識的。」

「是喔，原來是這樣，那眞的很普通。你們什麼時候結婚？」

「秋天，明年的九月左右。」

「那還很久嘛，你們已經拜訪過雙方的家長了嗎？」

「我還沒去過她家，我家已經……」

說著，我想起了上星期天的事，心情不由地沉重起來。

「結果怎麼樣？大家的反應還好嗎？」

「嗯……對我家的人來說，富子的衝擊似乎太強烈了……」

「啊？爲什麼？富子小姐不是很普通的人嗎？」

「富子和我是表兄妹，而且，我事先並沒有知會家人。」

啊？四個人同時驚叫起來。我左側的那兩位藝術家從剛才就相互餵食葡萄乾，用各種方式接吻。

「表兄妹可以結婚嗎？」

「可以啊。」

「對啊，法律上並沒有問題。」

說著，那兩個女人中坐得比較遠的那個人列舉了好幾對表兄妹結婚，名留歷史的夫妻、政治家夫妻和演員夫妻的名字。我很希望我和富子的結婚也能夠在未來的時代，成爲對某個人有幫助的先例之一。

「你爲什麼沒有告訴家人？你爸媽得知自己的兒子要娶自己的外甥女，一定很驚訝吧，不知道你們什麼時候開始在一起的。」

「是啊。」我嘿嘿笑了起來。

的確，這麼重要的事，我爲什麼事先沒有向家人打聲招呼呢？

我家向來很開放，以前我交往的每個女孩子幾乎都曾經帶回家，和全家人一起吃飯，但富子就沒辦法帶回家了。如今我才發現，我在這件事上也格外小心謹慎。沒錯，我很小心謹慎。和表妹交往並沒有錯，只是因爲對象是富子，所以情況就不同了。

我上中學之後，惠子姑姑每年暑假，就會帶著富子和她妹妹翔子來家裡住兩、三天。我媽只有在那幾天會賣力地烤蛋糕，換新棉被，忙得不亦樂乎。富子母女三人來家裡時，雖然應該算住得自在，但畢竟有所顧忌，不至於厚臉皮地把我家當成她們自己家，泡澡時，也是母女三人一起泡。

當她們母女三人在家裡時，我家的氣氛和平時明顯不同。邀她們母女三人來家裡作客的爸爸比平時更沉默，我媽反而比平時更多話，麻紀一定會拉一次肚子。她們母女三人在我家時，我覺得在家時行動很不方便，好像突然把大岩石搬進了家裡。無論做什麼事都要繞一大圈。她們三個人的體型的確都很臃腫，而且，我向來很納悶，她們家的男主人去了哪裡？我曾經不經意地向我媽打聽，但我媽沒告訴我。我家和其他親戚都沒有來往，只有姑姑一家會來家裡走動。我小時候，某某姑丈曾經來過家裡，但每年暑假，都只有她們母女三人來家裡。不久之後，姑姑和姑丈就離婚了，我現在連姑丈長什麼樣子都忘了。

老實說，當年我並不歡迎她們母女三人。盛夏季節原本就夠悶熱了，才不想聽到「不好意思，來你們家打擾，但我們是親戚嘛」這種話。而且，惠子姑姑晚餐前或是走出廁所時，臉上堆起的微笑讓我覺得心裡發毛，她大女兒漸漸正確掌握了這種微笑的縮小版，也讓我感到不寒而慄。富子渾身散發出好像柳丁和黃蘿蔔混在一起的止汗劑味道，肥胖的身材簡直就像是姑姑的翻版，看到她滿是青春痘的臉，我有時候忍不住想要嘔吐。她妹妹倒還好。翔子那時候年紀還小，既沒有柳丁味，也沒有黃蘿蔔的味道，只是嘴巴旁總是垂著冰淇淋和口水混合的液體，經常在屋內屋外走來走去。姑姑畢竟是成年人，可能察覺到我內心的想法，只有在非不得已時才會和我說話。問題在於富子。富子一下子要我教她功課，一下子要我陪她一起去院子的草皮上找她的鑰匙圈，整天跟在我身後打轉，但對麻紀卻異常冷淡。當時，我已經是中學生，即使有點自以爲了不起，或是看不起醜八怪也很正常，不，應該說，沒這種想法才怪呢，但我不想當壞人，所以，我對富子採取了溫和無視的手段。老實說，我很怕富子和富子身上散發出的某些東西，甚至可以說討厭。但是，姑姑的大女兒爲什麼現在會變成我的未婚妻富子，其中到底出了什麼問題？面對目前的富子，完全無法想像當年內心曾經有過的輕蔑，富子簡直就像變了一個人。當年不僅是胖而已，而是讓人感受到壯碩的分量，像鄉下女孩般的富子，如今身材苗條，打扮也很入時，出落成一個美女。她不再像以前那樣用糾纏的眼神看我，笑的時候很爽朗。富子從來沒有責備我以前對她的冷淡，但我的家人就沒那麼簡單，我不敢輕易把富子帶回家介紹給父母，說她是我的女朋友。我媽看到我吃飯的時候大口吃著醃山葵配飯時，總是好像很受傷地說：「小時候要你吃這個，簡直像要你的命，爲什麼現在吃得那麼香？」我每次聽了都很火大（她爲什麼會天眞地以爲，兒子的味覺一輩子都不會改變？）。我也不願意在富子的問題上聽到同樣的話。

當我在想這些事時，我面前的火腿已經消失，不知道被誰吃掉了。阿興的手放在我的大腿內側，腳踝纏住了我的腳踝，旁邊那兩個女人和美位子一起討論著各自對婚姻的看法。

我完全不在意別人對婚姻的看法，但很在意美位子有沒有結過婚。我現在才發現，美位子算是我喜歡的類型。

「美位子，妳有沒有結過婚？」

「我嗎？有啊，以前結過。」

「離婚了嗎？」

「對啊。」

「對方是什麼樣的人？」

「很糟糕的家暴老公，沒酒喝、菜不好吃就對我拳打腳踢，曾經鬧到警察上門。那根本不是生活，而是修行。」

阿興聽了，和坐在他身旁的女人說：

「妳們看，結婚不會有好結果的，結婚只是爲了得到表面安心的一紙合約，雖然看起來很美好，但其實無聊透頂，剝奪了個人的精神自由，夫妻雙方相互痛恨，相互磨合，以爲只要丟進鍋子，足夠的時間，就自然會煮出一鍋好菜。這是嚴重的墮落。那些結婚的人，我跟妳們說，比這些柿種碎屑還不如。」

其中一個女人抓了一把放滿盤子的柿種米果，張大了嘴倒了進去，柿種米果掉進她嘴裡的樣子看起來就像海邊的沙子。然後，她隔著阿興的龐大身軀把手伸了過來，抓住我的手。她一邊咬著柿種米果，一邊對我說：

「我都說到這種程度了，你爲什麼還要結婚？爲什麼不對自己的人生負起責任？」

我無言以對。

我爲什麼要結婚？不，爲什麼有人要問我結婚的理由？爲什麼非要有理由才能結婚？我不在意結婚的理由，而是對結果有興趣，是對我和富子即將展開的愛的生活有興趣。

「因爲我們決定共同分享未來的人生，這並不是把自己的人生責任推卸給對方。不是把自己的人生交給對方，或是接受對方的人生，而是要分享人生。所以，比起結婚的理由，不是更應該考慮未來嗎？」

「只有陶醉在夢想中的人才會說這種話。」

「陶醉在夢想中也不錯啊，比滿腦子想著剝奪或是墮落好多了。」

「我說的不是夢想，是現實。」

「妳不要用妳的現實套用在我身上。妳不是我，沒辦法斷言。我覺得詆毀婚姻的人只是自戀狂而已，害怕和別人分享自己人生的懦弱者。結婚需要勇氣，必須一輩子只愛對方，只能愛對方，只有同樣具備這種勇氣的人，才能完成這項奇蹟。雖然這是人類自古以來持續至今的習慣，但每一段婚姻都是奇蹟。」

「你眞的想當比柿種米果的碎屑還不如的人嗎？太好了，我仔細觀察之後，發現你的臉和柿種米果長得一模一樣呢。」

「啊？」

「哈哈哈，對啊，一模一樣！你眞的是柿種米果！」

「柿種米果不是很好吃嗎？」

「一點都不好吃，只是有點辣，上不了檯面的零食而已！！」

「啊喲啊喲，妳不要欺侮若若，小心他會哭喔。」

阿興打著圓場，那個女人突然沒了氣勢，鬆開我的手，低下了頭。我的手背上殘留著她剛才沾在手心上的柿種屑，我看著那些碎屑，突然悲從中來。如果她曾經有過痛苦的遭遇，我很希望能夠助她一臂之力。即使面對二十分鐘前才剛認識的女人，我仍然寧願別人負我，也不願負別人，但說我像柿種米果也未免太過分了，但是，爲了她，也爲了富子，我必須勇敢承受。

美位子貼心地爲洩了氣的女人點了一首歌，試圖讓她振作起來。是〈愛意誕生的日子〉。前奏響起，阿興的手從我的大腿上移開，拿起麥克風，把另一支麥克風放在桌上。那個女人拿了起來。

我把還剩下超過半瓶的眞露酒送給那兩個女人，走出了酒店。搭計程車回到家時已經兩點多了。

家裡寂靜無聲，但我在門外時，看到二樓麻紀的房間還亮著燈。

自從上個星期天之後，我和麻紀沒有說過話。

那天之後，麻紀幾乎足不出室，不願意和我打照面。以前無論早餐和晚餐，她都盡量和我一起吃，但現在大不相同了。麻紀總是趁我不在的時候吃完，也許因爲我的結婚對象是富子這件事對她造成了極大的打擊，更何況那天早上又發生了那場莫名其妙的衝突。

我至今仍然無法理解富子來家裡的那天早上，麻紀對我說的那番話。她好像被附身般雙眼通紅，叫我和她一起離開這個家。我現在仍然覺得她很不正常，她當時絕對有問題。如果她當時很正常，那問題就更嚴重了，無論如何，問題都很嚴重。話說回來，這件事應該不歸我管，應該是我媽的管轄範圍，那種不正常，應該是女人和女人聊一聊就可以解決吧。

走回自己房間前，我在麻紀房門口停下腳步。房間內傳來嘎答嘎答打電腦的聲音，她可能在寫報告。

我原本打算敲門，但又改變了主意，把口袋裡的馬塞洛娃娃的手機吊飾掛在她房間的門把上，回到了自己房間。

星期日那天，富子對麻紀很友善。

麻紀不知道什麼時候跑去吃了大福，嘴巴周圍和衣領上都沾到了太白粉，一臉茫然，富子用好像對著嬰兒露出的笑容向她打招呼：「麻紀，好久不見了。」十年前，對麻紀冷淡不已、向我頻送秋波的富子，竟然對麻紀這麼親切。

我看著富子，忍不住感動莫名。歲月流逝，富子真的變了。

這代表我們全家也共同度過了如此漫長的歲月。

第二天，我在和平時相同的時間走進客廳，發現這幾天向來愁眉不展的爸媽坐在桌旁。我一走進客廳，兩個人的肩膀都抖了一下。他們對我感到害怕。麻紀不在。我不知道她的彆扭要鬧到什麼時候，不過不必和她一起吃早餐，我反而比較自在。

「你昨天很晚才回來……」

愁眉苦臉的老媽把烤好的吐司放在我的餐盤裡說道。

「對，我兩點多才到家。吵醒你們了嗎？」

「沒有，我睡了，所以不知道你幾點回來……」

「你和……那個、她在一起嗎？」

坐在旁邊看報紙的老爸也皺著眉頭問。

「那個她？你是說富子嗎？」

「嗯，對，富……子。」

「不是，我和她見了一下面，之後就一個人。」

「是嗎……是嗎……爲什麼又走了？」

「啊？」

「啊呀，那個……富……子。」

「她要去上馬林巴的課。」

「馬林巴？」

「就是木琴，她的興趣。」

「喔，是嗎……」

爸媽互看了一眼，我把吐司一口氣塞進嘴裡，喝完了紅茶。

「等一下。」

我正準備站起來，老爸說道。

「你等一下。」

我又坐回椅子上。

「什麼事？」

「呃，就是……總之，就是你和富……子的事。」

「你不要在說富和子之間，莫名其妙地停頓一下，富子就富子啊。」

「那好，關於……富子的事。」

「怎麼了？」

「嗯……，昨天我和你媽稍微討論了一下。那天因爲太驚訝了，我和你媽都沒說什麼好話，但你也眞是的，未免太突然了，我們完全不知道你帶回家的是富子。」

「當然啊，我沒告訴你們，你們怎麼可能知道？」

「爲什麼不事先告訴我們？以前你只要交女朋友，不是都會帶回來家裡，介紹給我們認識嗎？」

「但這次不一樣，萬一我們分手，大家不是很尷尬嗎？富子畢竟是親戚，我也有所謂的危機管理能力。」

「再怎麼說，你也太過分了，但如果你不說她是富子，我們搞不好根本認不出來。富子變漂亮多了，老婆，對吧？」

「對啊，如果你不說，我還眞認不出來，富子現在變得眉清目秀……」

聽到他們稱讚富子，我心情很不錯，直到聽到老媽說：「阿和，你以前對她眞的很冷淡。」

「對啊，阿和根本對她視而不見。我也發現了，雖然她並沒有做什麼，而且，她似乎對你很有好感，但當時我覺得你這傢伙很殘酷，又很自以爲是。以前對她不理不睬，爲什麼現在突然喜歡她了？是基於罪惡感嗎？還是不安？或是逆反心理？」

「都不是，只是我和富子都長大了。」

老媽微微撇了撇嘴角，老爸乾咳了一下。

「算了，無所謂啦，不，不是無所謂，而是這個問題不重要。我和你媽都爲你的婚事感到高興。富子現在開朗乖巧並且漂亮，和以前很不一樣。只是，只是，如果你和富子結婚，就是表兄妹結婚，所以，要向家裡的親戚打聲招呼，在大家都同意的基礎上再決定。」

「好啊，我會去做，完全沒有任何問題。」

「還有另一件事，我要認眞確認一下，一旦你們結婚，日後可能會請富子在店裡幫忙，這件事沒問題吧？」

「上個星期天不是說了嗎？沒問題啊，我已經和她說過了，她不是也答應了嗎？就只有這件事嗎？」

「嗯，對……目前就這樣。你們下星期要去她家吧？要去拜訪章一吧。翔子目前讀高中嗎？」

「對啊，聽說翔子今年進了高中。」

「惠子那裡要我去聯絡嗎？」

「不用，富子說，她會去說。」

「嗯，這樣可能比較好……。」

「那就這樣。」

我打算站起來，老爸又說了聲：「等一下。」

「怎麼了嘛？我快遲到了。」

「阿和，關於麻紀的事……」

老爸壓低了嗓門。

「喔，麻紀……」

我也跟著他壓低了嗓門。

「麻紀說，富子一走進客廳，她就認出來了。」

剛才沉默不語的老媽好像充電完成的機器般，突然很有精神地開了口。

「她說，一看到富子的臉，就馬上認出她了。太厲害了，富子的變化那麼大，搞不好連她親生母親都認不出她了。眞是女大十八變，但是，同一個世代的女孩子似乎還是知道誰在變什麼花樣。」

「喂，老婆。」老爸責備道，老媽露出失言的表情閉上了嘴，老爸又壓低了嗓門繼續說：

「麻紀好像很受打擊，因爲她很喜歡你。」

「嗯。」我點了點頭。

「那算是戀兄情節吧……」

「嗯。」我點點頭。

「光聽到你要結婚的消息，她就夠傷心了……」

我不知道該點頭還是搖頭。

「因爲你毫無預警地把富子帶回家，所以她很受打擊。」

「我是不是該事先打聲招呼？說我帶回來的人可能讓你們大吃一驚。」

「對啊，至少應該打聲招呼啊，這是你的過失，所以，你要負責解決。」

「我要負責解決？爸，我要怎麼解決？」

「她每天不吃飯也不吃麵包，只吃大福。這樣下去，問題會越來越嚴重。你去勸勸她。」

「但是，這種事不該由我出面，該由媽去和她談吧。」

我把矛頭指向老媽，老媽再度激動地說了起來：

「媽媽說什麼都沒用，該說的我都說了，我說這是你的人生，只要是你認爲對你最好的對象，我們都應該支持你。但麻紀說，這是兩碼事，說這是懲罰……」

「既然是懲罰，那還吃那麼多大福，未免也太奇怪了，吃那麼多大福才要受懲罰呢。受懲罰怎麼可以吃大福？是相反吧，大福是獎賞才對吧。麻紀眞的怪怪的。」

「她又不是現在才開始怪怪的。」

「是嗎？不是現在才開始嗎？那是從什麼時候開始的？」

「不清楚，很久以前。」

我覺得心煩，又吃了一片吐司，結果發現肚子更餓了，就從吐司袋裡拿了一片還沒烤過的吐司啃了起來。

「我說阿和啊，麻紀現在應該腦筋有點打結，雖然她已經二十歲了，但她涉世不深，有些地方很幼稚，更何況她以前和富子關係不太好，但是，既然你決定和富子在一起，當然希望得到大家的祝福。至於麻紀，只要和她好好談一談，她會想通的，她現在只是在賭氣，所以，你們要像以前一樣感情和睦。星期天再找富子來家裡，讓她們也變成好朋友。富子現在應該不會惹麻紀討厭了，既然你現在喜歡富子，麻紀應該也可以喜歡她。我們是一家人，一家人就是從踏出這一小步開始。」

「嗯，好……也對。好，那我努力看看。」

我把麵包用力吞了下去，一看手錶，發現等 下要一路跑去車站了。

「現在已經沒有退路了。」

當我站起身時，老媽注視著我，用堅定的語氣說道。

我刷完牙，立刻衝出家門。

星期五，在小島的要求下，我安排了富子和他見面。

除了富子以外，還有小島目前交往中的女朋友，以及他女朋友的女性朋友和男朋友。

和那次久別重逢時不同，富子坐在我旁邊，小島和他的女朋友坐在我們對面，小島女朋友的女性朋友坐在他們旁邊，她的男朋友坐在她對面，也就是我的左側。雖然快十二月了，他卻穿了一件領口鬆垮的髒T恤，說他立志成爲小說家還是劇作家什麼的，所以目前整天不工作，在百貨公司信用卡櫃檯工作的女友家拿著紙筆寫作，甚至不願意幫女友收一下宅配包裹。

「你不用電腦，都用鋼筆寫嗎？」

我之前不認識任何文字創作的人，所以很好奇地問他。

「不，我不用鋼筆，都是用鉛筆，2B的鉛筆。」

「但是寫一整天不累嗎？會不會下廚或是出去散步，順便散散心？」

「不，我不會。」

「那你累的時候，靠什麼調劑？」

「基本上，我不會覺得累。」

「他就是這種人，和他在一起，我的疲勞好像也被他帶走了。」

坐在他對面的女友笑著說。

幸福有各種不同的方式。我忍不住想道。

我也希望一輩子被心愛的人深愛著，被她照顧，在她寬容的庇護下，專心於自己想做的事。當然，首先必須找到自己想做的事，但我目前的人生已經足夠幸福。

在信用卡櫃檯工作、養這個小白臉的女生叫千奈美，感覺很不錯。不知道是否因爲在那種地方工作的關係，她的聲音和說話方式都很溫柔動聽，即使我很囉嗦挑剔，即使我挑她的語病，她應該也能夠輕鬆化解。搞不好她看人很有眼光，果眞如此的話，代表坐在我旁邊的小白臉並非等閒之輩，但我猜想千奈美並不是因爲他有可能成爲大作家而養他，只是希望成全心愛的男人，讓他做自己想做的事。不，那也許只是我一廂情願的想法，千奈美雖然看起來溫柔婉約，但她的眞面目可能是一個俗氣惡質的衰女人，只能靠無法自食其力的男人對她的感恩，發洩白天工作的鬱悶，把男人僅有的一點才華都破壞殆盡，藉此感受到一絲快感。

「喂，你不要一直盯著千奈美看。」

我走出廁所，正打算回座時，剛好來上廁所的小島對我說。我回答：「對啊，我要小心不被她發現。她應該對這些事很敏感。」

「我是不知道千奈美怎麼樣，但富子應該隱約察覺到了。」

「什麼？富子？」

「和未婚妻在一起時還看著別的女人出神，簡直太糟糕了。你到底有沒有自覺啊？」

「自覺？當然有啊。什麼自覺？」

「坐在你旁邊的眼鏡男是個狠角色，如果你對千奈美有什麼非分之想，我看你也結不了婚了，會被埋進水泥桶，丟進東京灣。」

小島皺著眉頭走進了廁所。

回到座位後，火鍋送上來了。小島的女朋友拿起盤子，富子用長筷子把盤子裡的蔬菜放進鍋裡。千奈美和她那個狠角色的男朋友雙手放在腿上，笑咪咪地看著。埋進水泥桶，丟進東京灣……。太可怕了，小島應該在唬人吧。我從富子手上搶過筷子，把盤子裡的蔬菜一口氣掃進了鍋裡。

「你們已經決定場地了嗎？」

小島的女朋友把只剩下肉的盤子放在桌角後問我們。

「還沒有，目前看了幾個地方。」

富子回答。如今的富子不論遇見誰都不會怕生，可以很自然地和別人交談。

「你們打算什麼時候舉辦婚禮？」

「九月或是十月，對不對？」

富子徵求我的同意，我「嗯」了一聲。

「你們交往才沒多久吧？好厲害，眞有勇氣。」

「除了勇氣以外，時機也很重要。」

富子很冷靜。

「我們完全沒有談過這個問題……」我以為小島的女朋友會繼續這個話題，但可能顧及到還有另一對情侶在場，她沒有再說什麼，開始默默撈火鍋裡的浮沫。

小島的女朋友是個很不錯的女孩子，小島卻在等她提出分手。我發現了這件事，忍不住有點火大，只是不知道是針對小島，還是對小島的女朋友，或是他們雙方。應該是他們的關係讓我感到火大吧。我因爲內心的怒火，想對小島的女朋友把話說清楚，讓他們乾乾脆脆地分手，但這種事應該由不得第三者插手。每個人都有權利處理自己的感情問題。然而，我不光是因爲內心的怒火，更爲了忠於我的眞誠，想要對小島的女朋友說實話。

「妳和小島經常見面嗎？」

小島的女朋友把撈浮沫的湯勺放在清水中搖動著，驚訝地看著我。

「和小島？嗯，有時候會見面啊。」

「有時候是多久見一次？週末嗎？」

「嗯，是啊……」

「你們都去哪裡約會？」

「啊？通常都是約在外面吃飯，或是去逛街。差不多就這樣，你爲什麼這麼問？」

「沒什麼，想當作參考……」

「你們呢？」

「喔，我們嗎？呃……其實也差不多。」

「你們好像是交往很久的老夫老妻，眞羨慕。」

小島的女朋友說完，嫣然一笑。

我還是說不出口。如果要說，也不是對她說，而是要對小島說。我決定星期一早上對小島說，一見到他就馬上說。

「可以把肉放進去了嗎？」

小島的女朋友問，千奈美探頭看著鍋內後回答：「應該可以了吧？」小島走回來了。肉放進了鍋子，被我們吃下了肚。我對身旁的眼鏡男也很親切。

聚餐結束後，其他四個人都搭ＪＲ電車，我和富子搭京王線回家。富子住在下高井戶，我也在下高井戶車站下了車，送她回公寓。

在電車上始終不發一語的富子經過熱鬧的商店街後，來到安靜的路上時，淡淡地開了口。

「小島和他女朋友怎麼樣？」

「啊？」

「他們的感情還好嗎？」

「喔……妳覺得呢？」

「我覺得似乎不怎麼好……」

「富子，妳太厲害了，原來一眼就看出來了。沒錯，他們快分手了。」

「小島的女朋友已經對他沒感情了吧？」

「什麼？是相反吧，是小島對她沒感情了。」

「才不是，是他女朋友。」

「不，妳錯了，是小島親口告訴我，說他已經不愛他女朋友了，但不忍心提出分手，所以在等對方提出分手。」

富子用鼻子發出冷笑聲。

「如果小島這麼說，你就相信的話，代表小島和你都是笨蛋。」

「不是不是，是妳搞錯了，剛才他女朋友聽我們說結婚的事時，不是一臉羨慕嗎？」

「才不是羨慕，而是很驚訝吧。」

「驚訝？爲什麼會驚訝？」

「我只是這麼覺得……」

「妳想太多了，他們沒理由對我們感到驚訝。」

「雖然沒有理由，但這是他們的自由啊，我眞是看不下去了，他們簡直太蠢了。」

「太蠢了？哪裡蠢啊？」

「小島的女朋友已經對他沒感覺了，還在我們面前假裝恩愛。她明明想要分手，卻不想當壞人，所以在等對方開口。」

「喂，喂，是小島在等他女朋友提出分手吧，小島目前正是這種狀態。」

「不管是哪一方都一樣啦，但是，如果你說的是眞的，我的感覺也沒錯的話，你不覺得是全天下最蠢的事嗎？他們雙方都已經沒感覺了，卻在等對方提出分手，根本是在浪費時間。」

「嗯，那倒是……」

我閉口不語。這的確很蠢，但我對富子這麼刻薄地談論別人感到有點驚訝，我對富子說別人「很蠢」感到驚訝。我對富子會這麼觀察別人感到不自在。

「我絕對不願意像他們那樣，簡直是在污辱人嘛。和俊，如果有一天你不再愛我，或是愛上了別人，要馬上告訴我。千萬不要掩飾，或是等我發現，要馬上告訴我。」

「什麼？絕對不會有這種事，不可能啦。」

「沒什麼不可能，我們還要活幾十年，在目前爲止的二十五年中，你愛過幾個女生？用籠統的方式計算一下，假設包括我在內有五個，以你可以活到七十五歲來計算，在未來的五十年中，你即使愛上十個女生也很正常。也就是說，搞不好你每五年就會變一次心。」

「妳這麼算也太籠統了，我從來沒這麼想過，我身上不存在這種方程式。」

「如果沒有當然最好，不過，你要記住，一旦變心，就要馬上告訴我。如果你不說，就是對我最嚴重的侮辱，一言爲定喔。如果有一天眞的發生這種情況，我們要相互坦誠，該分就分，不要拖泥帶水。我眞的無法忍受這方面的欺騙。」

「但是，我們才剛約定要廝守一輩子，現在又約定這種事，不是太輕率了嗎？」

「如果你不願意和我約定這件事，我就不能嫁給你。」

「呃。」我呆然地叫了一聲，說不出話。

來到富子的公寓前，富子冷冷地說了聲：「我先上去了，晚安。」打開自動門禁系統的大門走了進去。我原本打算今天住她家的。剛才吃飯到一半時，我就想著這件事，至少不希望像這樣帶著不愉快的心情和她道別，但富子頭也不回地走進家門，無意讓我進她家的門。

我不想搭電車，一路走回位在千歲烏山的家中。

富子在生氣。這可不太妙。她不僅在生氣，甚至揚言「不能嫁給你」。原本打算約她星期天中午到家裡吃飯，爸媽也以為她會來。這下子麻煩大了。

我很震驚。原來富子已經設定了我們的結局，而且對自己設定的結局很生氣，還要求我和她約定。她為什麼會有那麼負面的思考？我認為結婚就像父親說的那樣，是兩個在不同環境下長大的人相約成為一家人。既然變成了一家人，就不會分開。不能因為價值觀不同或是個性不合這種牽強的理由輕易分手。我甚至無法想像這種可能性，即使想找也找不到。我相信富子和我永遠都會在一起，但富子似乎並不這麼認為。

有那麼一下子，我對結婚產生了猶豫。不，不是一下子而已，在走回家的一小時路程中，我都在猶豫。也許富子和我對結婚的認識有很大的落差，富子並沒有像我一樣，認為我們的婚姻會永永遠遠，我也不像富子那樣，會從兩個人的過去推測日後的婚姻生活。這也許就是所謂的「價值觀差異」嗎？我猶豫起來，還沒想清楚，就已經到家了。

走進家門前，我站在父親在住家隔壁開的和菓子店「若松菓子」前。在店裡幫忙的弓子阿姨每天都會在開店前和打烊後用掃帚把門口掃乾淨，所以看不到一片落葉。爸媽都理所當然地認為我日後會繼承這家店，我當然也有這樣的打算。從小到大，無論做任何事都是以此作為前提。我去馬塞洛食品公司工作，也是為了繼承這家店打基礎。爸媽都沒有在普通的公司上過班，所以，他們對我說，不要立刻繼承這家店，在認識社會的嚴峻後再回來。我很感激他們這樣的決定。我也希望能夠在外面獨當一面，但實際進公司後，有點不太清楚這是不是我應該認識的社會。我不知道每天都快快樂樂地上班，製作健康保險的資料，管理同事的考勤算不算認識社會的嚴峻，可能自己想得太天真了。因為我有這家店可以繼承，即使不需要像和我同期進公司的其他同事那樣拚命往上爬，即使沒有頭銜，我也有可以繼承老爸的店這條後路。我覺得自己很幸運，但有時候很想拋開這份幸運，在東京都內租一間髒兮兮的擁擠小公寓，在那裡邋邋遢遢地過日子。也許我就會變成一個充滿飢渴和野心的人，立志成為一個強悍的男人。沒錯，我想成為一個強悍的男人，才不想在食品公司的總務部混一陣子，等待時機成熟，就辭職繼承父親的和菓子店。但我正是自己在內心討厭的這種男人。

我心煩意亂，踩著白色碎石走到店門前，把公事包丟在地上，拿起一旁的盆栽。我舉起盆栽，作勢丟向眼前的鐵捲門，但隨即放回了原來的位置。撿起公事包，轉身準備走回家時，發現麻紀站在那裡。

「哇噢，麻紀。妳剛才有看到嗎？」

「看到了啊。」

不知道是否剛從學校回來，麻紀穿著牛角釦大衣，拿著托特包，站在街燈下。

「我沒丟喔，只是拿起來而已。」

「為什麼？」

「我想知道有多重。」

「為什麼？」

「因為我覺得很危險。」

麻紀板著臉。

這是五天來，我第一次和麻紀說話。

自從麻紀學會說話後，我大學畢業時，和朋友一起去曼谷旅行的那四天，是我們沒有說話的最高紀錄。不，那一次我到曼谷當天和要回來那天都打了國際電話，所以並不能算是最高紀錄。反正這次絕對破了最高紀錄。

「麻紀，妳剛回來嗎？怎麼這麼晚？」

「嗯，因為有聚餐。」

「是喔，什麼樣的聚餐？」

「和朋友聚餐。」

「慶生日之類的嗎？」

「不是，只是普通的聚餐。」

麻紀說完，轉身準備走進家裡。我慌忙走到她旁邊。

「麻紀……」

麻紀不理會我，打開了玄關的門。

麻紀說了聲「我回來了」，「回來啦。」二樓傳來爸媽的聲音。麻紀走去盥洗室洗手漱口後，走上樓梯。我也跟了上去。身穿睡衣的爸媽從臥室探出頭，看著我們說：「我們先睡囉。」

「好，晚安。」

「你們一起回來的嗎？」

麻紀無視滿臉喜悅的老爸，我只好回答：「不，我們在店門口遇到的。」

麻紀毫不掩飾臉上的不悅，不發一語地走進自己的房間。爸媽向我點著頭，示意我「快去、快去」，然後關上了房門。我敲了敲麻紀的房門，叫著：「喂，麻紀。」房間內沒有回應。

「喂，麻紀，可以打擾一下嗎？」

「……有什麼事？」房間內傳來聲音。

「我想和妳談談……」

「等一下不行嗎？我想先洗澡。」

「那就等妳洗完澡……」

麻紀走出來時已經脫掉了牛角釦大衣，身穿一件菱格圖案的紅色毛衣。麻紀皮膚白皙，聰明伶俐，穿這個顏色和圖案的衣服很好看。我記得那是去年聖誕節時，爸媽送她的禮物。

「那我先去洗澡了。」

麻紀走下樓梯，聽到浴室關門的聲音，爸媽又從房間內探出頭。

「喂，阿和，有希望和好嗎？」

「嗯，不清楚……」

「你女朋友星期天不是要來家裡嗎？爲了星期天，一定要趁今晚和好，明天麻紀要出門一整天。」

「她要去哪裡？」

「不知道，可能約會吧？」

「和誰約會？」

「不知道，你可以順便問她。」

「麻紀正當妙齡，當然會有人找她約會啊。」老媽插嘴說。

「總之，爸爸、媽媽要睡覺了，你要加油，搞不好這是你們兄妹最後一次吵架，一定要眞心和好。」

老爸一口氣說完，關上了門。

我回到自己的房間，穿著大衣躺在床上。原本想脫下西裝，換一身輕便的衣服，但剛才老爸那句「眞心和好」始終在腦海中盤旋。我打算眞誠地和麻紀和好，所以不能穿得太隨便。

搞不好這是你們兄妹最後一次吵架……。老爸還這麼說，但回想起來，我和麻紀從小到大，幾乎沒有吵過架。我總是很照顧麻紀，麻紀也很尊敬我，我們是感情很好的兄妹。不久之前，我們還不時睡在一起，但這件事應該屬於異常的範圍。即使感情再好，年過二十的兄妹還睡同一床被子的確有點太離譜了。因爲只是偶爾而已，所以並沒有把麻紀趕走。我已經習慣了，我和麻紀就是這樣的兄妹。

我們從小就這樣。如果沒有麻紀，今天的我就不是目前的樣子；如果沒有我，麻紀應該也不會是現在這樣。

我四歲時，麻紀突然出現在這個世界，變成我的妹妹。我對於自己不記得當時的感動和喜悅深感遺憾，因為我人生最初的記憶是讀小學後，第一次上國語課時，看到教科書上印的一對熊母子吃糙葉樹果實的插圖。也就是說，當我有一天懂事時，發現自己已經是麻紀的哥哥了。之後，麻紀就成為證明我是「麻紀的哥哥」這個不可動搖的事實的重要人證。即使我結婚後，這個事實仍然不會改變，我是麻紀的哥哥、麻紀是我的妹妹這件事，絕對不會有任何改變，所以，我們無論如何都必須和解。如果不和解，將會成為關係到我們彼此存在意義的大問題。我們必須以兄妹愛之名，在此明確證明至今為止的存在，證明我們的過去，同時保障我們的未來。

浴室傳來開門聲，隨即是上樓梯的聲音。是麻紀。麻紀來了。我從床上跳了起來，脫下大衣，整了整領帶後走出房間。麻紀用浴巾包著頭，穿著睡衣站在那裡。

麻紀平時幾乎很少化妝，但剛泡完澡的她臉上就像新買的安全帽般閃亮，全身的肌膚散發著在浴缸內充分蓄積的熱氣。年輕女人過剩的精力達到最巔峰的狀態。只要直視超過三秒，我可能就會一下子蒼老。毫無任何虛飾的麻紀就像生活在遙遠異國農村的大農場，每天只吃乳製品，從早到晚和羊群嬉戲的女孩。雖然麻紀和富子的年紀沒差多少，但富子只能當大農場的出納。

我發現自己不由自主地把麻紀和富子進行比較，慌忙搖頭擺脫了這種想法，盡可能用冷靜的語氣開了口：

「麻紀，準備好了嗎？」

「等一下。」

「要在哪裡談？」

「……」

「我房間嗎？」

「……」

「還是去樓下？」

麻紀看著自己房間虛掩的房門，然後一下子抖落了大農場純樸女孩的面具，像西部牛仔般撇了撇頭，指向那條門縫。我默默地跟在麻紀身後。

我很久沒有走進麻紀的房間了。

之前每次要談話時，都是麻紀來我房間。我最後一次進她房間是什麼時候？仔細回想一下，發現已經是很久之前的事了。之前進來時，根本沒有看到那個假人模特兒。那個假人模特兒是怎麼回事？有著一張鴨子嘴的女人白色裸體上，披著麻紀的大衣，戴著麻紀的圍巾和帽子，原本放在客廳的立型鋼琴怎麼會在這裡？我記得幾年前就沒有人彈了，所以就用布遮了起來，把它當作置物台，什麼時候搬到她房間來的？

我輪流凝視著假人和鋼琴。麻紀坐在床上，拿下包在頭上的毛巾，用力擦著頭皮。

「喂，這些什麼時候搬來這裡的？」

我問。麻紀一臉不耐煩地問：「這些是哪些？」

「就是這個假人和鋼琴。」

「不久之前啊。」

「不久之前是多久之前？」

「哥哥，你眞的想知道這種事嗎？你眞的想知道這個假人和鋼琴什麼時候搬來這裡的嗎？」

「不，其實……」

「那就不用管嘛。」

「搬鋼琴不輕鬆吧。」

「爸爸和媽媽搬的。」

麻紀拿起桌上的布髮圈，把濕濕的頭髮綁在腦後，然後，雙腿一收，整個人坐在床上，把背靠在牆上，目不轉睛地看著我。

「坐啊。」

麻紀在胸前抱起雙臂說。

我把床旁書桌前的椅子拉了出來，坐在椅子上。書桌上的相框中放著一家四口去法國旅行時的照片。那是我們在凱旋門前，請路過的阿拉伯大叔幫忙拍的。

「嗯，眞讓人懷念啊。」

「有什麼好懷念的，不就是去年的事嗎？還不到懷念的程度吧？」

「是喔……」

我覺得麻紀好像在拒絕我，不禁有點沮喪。以前她雖然愛頂嘴，但是對我有一種盲目的忠實，我很眷戀那個麻紀。

「麻紀，妳聽我說。」

「你說啊。」

「妳還在爲前幾天的事生氣嗎？」

「前幾天是哪一天？」

「就是……星期天，富子來家裡那一天……」

「那天的什麼事？」

「就是……那天早上，妳不是對我說了很多話嗎？然後，我把妳推開……會不會痛？」

「我說了很多什麼話？」

麻紀想要羞辱我。她試圖藉由羞辱我來羞辱她自己。那我就如她的願，奉陪到底。

「妳說，繼續留在這個家裡，我和妳都無法做眞正的自己，叫我不要結婚，和妳一起離開這個家，還說我們彼此相愛。我說妳腦筋有問題，暫時不要和我說話。」

「所以呢？那又怎麼樣？」

麻紀因爲我帶給她的屈辱羞紅了臉，仍然不改挑釁的語氣。

「我們當時都太衝動了，所以根本搞不清楚自己和對方在說什麼。我說暫時不要和我說話，我不該說這種話。我們是兩兄妹，無論發生任何事，都不應該影響我們的感情。」

麻紀沒有說話。我很在意眼角的假人模特兒的視線，忍不住看向它。

「麻紀，當時我眞的聽不懂妳在說什麼，但現在慢慢想通了。因爲這代表妳喜歡我，我們和其他兄妹不同，感情一直都很好。這件事讓我很高興，所以，我希望妳也可以爲我的婚事感到高興。反過來說，如果我的婚事會讓妳不高興，我恐怕得多考慮一下。」

說出口之後，我自己都感到驚訝。我之前從來沒有想過「反過來說」之後的那些話。

「爲什麼是她嘛？」

麻紀紅著臉瞪著我，嘴唇微微發抖。

「喔，妳說富子嗎……？」

麻紀猛然坐了起來移到我正對面，我還沒有反應過來，她就抓起我的雙臂用力搖晃。

「我問你，哥哥，我問你，爲什麼是她？至少該選別人吧？哪怕是那個笨妹妹也好。」

「妹、妹妹？妳是說翔子嗎？翔子還在讀高中啊，那怎麼行啊。富子很好啊，無論外表和性格都和以前大不相同了，上次她來家裡時，妳應該也看到了吧？富子也希望和妳當好朋友，所以大家一起當好朋友嘛。」

「我沒辦法和她成爲一家人。她不是你的表妹嗎？」

「表兄妹也可以結婚啊。」

「表妹就是表妹！不能當朋友，不能當女朋友，也不能當太太。表妹永遠都是表妹！」

「哪有這種事，表妹也是人啊。」

「不是人！表妹不是人!!」

麻紀雙手捂著臉，大聲哭了起來。我已經累壞了，她想哭就哭吧。

接下來該怎麼辦？我不能走出房問，丟下她不管嗎？爲了即將到來的明天，我很想和麻紀趕快和好，回房間好好睡一覺。麻紀雖然漂亮，但很煩人，和這種女人交往，一開始可能很幸福，日子一久就會很麻煩。上次麻紀說，她男朋友是高中生，現在的高中生怎麼懂得如何駕馭這種女人……？我很想當場打電話給她男朋友，向他討教一番。

想到電話時，我的目光停留在麻紀放在枕邊的手機，發現貼滿粉紅色人工鑽的手機旁，有一個傢伙正對我露出微笑。我嚇了一跳。這不是馬塞洛娃娃嗎？沒錯，手機上掛的馬塞洛娃娃不正是我幾天前掛在門把上，穿著紅白圍裙的新款馬塞洛娃娃嗎！我太高興了，差一點從椅子上滾下來。麻紀接受了我的馬塞洛娃娃。這不正是可以證明我和麻紀是任何力量都拆不散，是血肉相連的親兄妹的最好證據嗎？

多虧了從剛才就一直對我露出天使般微笑的馬塞洛娃娃（馬塞洛娃娃這個角色本來就設定為降臨在地球的巧克力天使），終於喚回了我身為哥哥，對麻紀應有的親切和善。哪有什麼麻煩？我是麻紀的哥哥，即使別人覺得麻紀很麻煩，我也不能棄她不顧。無論發生任何狀況，我都不會丟下她不管，因為這才是一家人。富子和我也做好了充分的心理準備，要建立這世界上最美好的人際關係。我們要挑戰這志向偉大的任務！

「麻紀，請妳原諒我。都是我不好，妳不要哭了。」

我鼓起體內滿溢的勇氣說道，麻紀泣不成聲地撲了過來，我愣了一下，但還是小心翼翼地抱住了她，讓她倒在我懷裡哭。麻紀向來是一個聰明女孩，很乖巧，自尊心也很強，即使被人欺侮也絕對不會哭。我為這樣的麻紀感到自豪。

「麻紀，我無論和誰結婚，都永遠是妳的哥哥。我又不是要出遠門，或是去死，只是可能會離開這個家而已，我一定會住在京王線沿線，所以隨時可以見面，我和妳的緣分到死也斷不了的。」

麻紀的心情可能稍稍平靜了，呼吸速度也慢了下來。她的淚水和溫熱的呼吸把我襯衫胸前都弄濕了。麻紀更用力抱住我的身體，把整個身體壓了過來，但抱著我的雙手用力，身體向後一仰，我們兩個人都同時倒在床上。

麻紀的身體被我壓在下面。

「妳幹什麼啊？這不是很危險嗎？」

我慌忙想要站起來，但麻紀抱著我的手不放。我在麻紀身上扭動著身體，想要掙脫她的手。麻紀的皮膚散發出巴斯克林入浴劑的味道，我不知道今天浴槽裡的水是什麼顏色的。我懸空的雙腳用力一踢，旁邊的假人模特兒倒下時發出巨響，但麻紀仍然不放開我。

走廊上傳來急促的腳步聲，我還來不及反應，門已經打開了，爸媽站在那裡。

「天啊!!你們在幹什麼？」

老媽跑了過來，把我的身體從麻紀身上拉開。麻紀睡衣的胸前敞開著，露出剛泡完澡的紅潤皮膚。我跌倒在地，老爸把我拉了起來。我的腦海中響起似曾相識的尖銳電子聲，眼前冒著金星。我搞不清楚狀況，然後才發現自己右側太陽穴被狠狠揍了一拳，整個人倒在地上。我雙手撐在地上想要站起來，老爸又向我左側太陽穴揮了一拳。這次耳朵深處傳來咔嚓的聲音。好熟悉的聲音。每天早上都可以聽到的機器聲……ＯＫ，請進。ＯＫ，請進。那是歡迎我的聲音……啊，富子！富子！這個瘋狂的家我再也待不下去了，我希望立刻和富子展開新的生活。但是，我還沒有得到我所追求的、某個只可意會的決定性東西。

我搖搖晃晃走出房間之前，我把倒地的假人模特兒扶了起來，算是微不足道的一點補償。這時，我突然發現剛才一直很在意的假人模特兒嘟起的嘴唇，和「水滴酒吧」老闆阿興嘟嘴時的表情一模一樣。「愛意誕生的日子」的前奏立刻在我腦海中響起。對，愛意誕生的日子……那是哪一天？不是今天，也不是昨天，而是更久之前的某一天，我和富子的愛意誕生的日子到底是哪一天？不，愛意真的誕生了嗎？會不會還在產道內掙扎？該不會連陣痛都還沒有開始吧？

回到房間，我第一件事就是抓起手機。我要馬上打電話給富子，要先把這件事搞清楚。如果我們的愛還沒有誕生，一定要馬上打催生針，準備分娩。

隔壁房間持續傳來麻紀的啜泣聲。

爸爸星

一下車來到月台上，就似乎聽到有人叫我，我立刻回頭看了車廂。

車廂內沒有乘客站立，對面的長椅子上坐了兩名身穿制服、看起來像高中生的少女，還有一個帶著小孩的老婦人，呆然地看著地面。沒有人看我。我突然對幾秒鐘前坐在她們中間感到懷念。聽到有人叫我似乎是錯覺，我不知道是基於愧疚，還是基於其他的原因。

發車鈴聲響起，電車關上車門後離開了。對面月台上沒有人，但我從對面候車室的窗戶看到自己模糊的身影，所以才會一直隱約感覺到有人的動靜。我站在原地片刻，打量著自己的身影。我記得去年也在這裡做過同樣的事。前年應該也做過。但是，如果那片玻璃可以映照出身體內側，就會發現比起去年和前年，現在的身體內有更多的縫隙。以前我總以爲隨著年紀的增長，得到的會越來越多，但不知道從什麼時候開始，我發現年歲的增長就是不斷失去。我不禁遙想著我漸漸變老，在不斷失去後，變成空無的狀態。下行電車駛入對面的月台，我看不到候車室的玻璃了。

通往玉川上水的小商店街內沒什麼人，只有商店門口掛著用玻璃紙做的笹飾（譯註：七夕時，將願望寫在五彩的紙條上，綁在竹枝竹節上的許願竹）在春風中無力地搖擺。飛落在小巷水溝裡的花瓣變成了髒兮兮的淡棕色，被風吹在一起。我緩緩邁開步伐，走向後方整排櫻花樹那裡的年輕人發出熱鬧聲音的方向。

她背對著我，等在比路面稍低的昏暗橋頭。她的身體向後仰，用小型數位相機靠近櫻花樹枝。我很清楚，今晚她獨自在家欣賞這張照片，將成爲她的微小幸福，溫暖她的內心。這並不是我的胡亂推測，也不是我自作多情，而是幾年前，她親口告訴我的。

「弓子。」

我走過去，把手放在她的肩上。她嚇了一跳，把相機按在胸前。她不加思索的動作再度觸動了我的感傷。弓子一看到我，眼角向下一彎，露出可愛到讓人揪心的微笑，把藏在胸前的照相機遞到我面前。

「我剛才拍的……」

「妳拍的嗎？」

我們把頭湊在一起，看著相機內的櫻花照片。「拍得不錯啊。」我說。弓子害羞地微笑著說：「我拍不好啦。」不斷按著小按鍵，切換到下一張、再下一張照片給我看。我以爲都是櫻花的照片，沒想到突然看到了計算機的照片。弓子叫了一聲「啊喲」，繼續按著按鍵，連續幾張相同的計算機照片後，又變成了我家的照片。地點是在店裡，恐怕是從收銀台內側拍的，右側的角落拍到了客人的手臂。

「這是在店裡拍的嗎？」

「對，因爲好久沒用了，昨天趁店裡沒客人時，在店裡稍微練習了一下，結果，麻紀……」

弓子又按了一次按鍵。液晶畫面上出現了麻紀露出一口潔白牙齒，笑容可掬的樣子。剛才的手臂應該也是她的。

「麻紀突然走過來教我怎麼用，原來在拍花或是其他小東西時，只要調到這個鬱金香標誌的地方，就可以拍得很清楚……」

弓子說到這裡停了下來。我偷瞄著她的臉龐。弓子目不轉睛地看著麻紀的笑臉，她的臉頰凹陷得散發出哀傷的味道。但是在薄暮時分盛開的櫻花樹下，她凹陷的雙頰宛如即將邁入青春期的少女般清純。

「麻紀眞是越來越漂亮了……」

弓子對著畫面露出溫柔的笑容。

「眞是心肝寶貝。」

我們按照每年的慣例，沿著櫻花樹下，走向甲州街道的方向。建了水泥堤防後，河面變得狹窄的水面，花瓣堆積在一起，形成一座花島。來到甲州街道時，我們沿著原路往回走。走過有很多年輕人坐在藍色塑膠布上吃吃喝喝的公園旁，經過天花板很低的地下道，來到玉川綠道。兩旁的櫻花樹延綿，但終點就在兩百公尺前方。

走在櫻花樹下時，我們不發一語。

我知道這段時光將成爲她內心一份小小的幸福，在之後一年的時間內慢慢消耗。雖然我始終知道，卻沒有回頭看走在斜後方的她，更沒有牽她的手，試圖讓她的幸福加倍。

「欸。」

在綠道上往返幾次，走出地下道時，弓子叫住了我。

「怎麼了？」

「要不要坐一下？我想坐下來好好賞櫻……」

說著，她指著公園角落的長椅。

「好啊，那就坐一下。」

我們並排坐了下來，她從手提包裡拿出一個小保溫瓶，把保溫瓶裡的東西倒在杯子裡。杯子冒出一縷熱氣。

「我想可能有點寒意，所以出門前溫了一下。」

雖然帶著微微的麥茶香味，但保溫瓶裡的日本酒溫度適中。我們輪流拿著杯子喝了起來，再度默然不語。

「櫻花眞漂亮……」

弓子抬起頭說道，好像第一次發現。「眞漂亮啊。」我也說道。隔了一會兒，弓子又說了一次：「眞漂亮。」我也又說了一次：「眞漂亮啊。」

我們來來回回重複了幾次同樣的話，在聽到不知道第幾次的「眞漂亮」時，好像有一把刀子劃過我的身體內側，產生了劇烈的疼痛。我失去了回答「眞漂亮啊」的時機，只好用力閉上眼睛，等待痛楚漸漸消退。這也是每年都會發生的情況。只要我用力抱緊身旁的女人，這份痛楚就會立刻消失。我很清楚這一點，正因爲這樣，我絕對不會這麼做。只要默默地忍耐，痛楚就會依依不捨地在體內消失。此刻的我唯一能做的，就是默默地等待……。

當痛楚終於完全消退時，我張開眼睛，探頭張望身旁的弓子臉上的表情。弓子用裝了日本酒的杯子微微抵著下巴，閉上了眼睛。看到這一幕的剎那，我產生了一種錯覺，彷彿這一剎那是我人生中最美好、最有價値的剎那。正因爲這樣，我必須親手加以破壞。

「我去買點零食來配酒。」

我站起身時，弓子張開眼睛，抬頭看著我。她的眼中流露出悲傷和無奈。

「我馬上回來，妳就坐在這裡吧。」

「好。」弓子輕聲嘀咕著，看著前方的櫻花樹。

我來到環七大道走了一段路，沒有找到可以買零食的店，而且，越走越荒涼，好像來到外縣市的街道。我要走到哪裡？這條路上似乎沒有可以買零食的商店，是不是該往回走，走去另一個方向？雖然我心裡這麼想，但還是繼續往前走。事到如今，我不想糾正之前做出的錯誤判斷。不一會兒，來到了甲州街道，往左轉之後，終於發現了一家便利商店。

雖然我說要來買零食，但零食品的魷魚乾、起司魚板感覺是腦筋不靈光的大叔才會買的食物，我有點不知所措。猶豫再三，終於買了　小袋仙貝。剛走出便利商店，突然被人用力抓住手臂，差點把手上的塑膠袋掉在地上。

「爸爸！看吧，我就說是爸爸。」

抓住我手臂的竟然是麻紀，和俊也跟在她身後。

「眞的耶，爸，你在這裡幹什麼？」

我心慌意亂，但我內心的慌亂和臉上的表情肌已經喪失連動功能很久了。我沒有經過任何人的同意，就在年歲增長的過程中，封鎖和切斷了這種神經傳導回路。

「來、賞花啊……」

我舉起塑膠袋給他們看。

「賞花？和媽媽一起嗎？」

「不，媽媽在家。」

「所以你一個人嗎？」

「嗯，是啊……」

麻紀探頭看著塑膠袋，很受不了地說：

「爸爸，你只買一包仙貝去賞花嗎？」

「不行嗎？」

「不至於不行……」

拿著公事包和超市塑膠袋的和俊不發一語地聽著我和麻紀的對話，我不理會他納悶的視線，問天眞的麻紀：

「你們在這裡幹什麼？」

「我們也來賞花啊，但只是臨時起意。我和哥哥約在銀座見面，原本打算買完東西後就回家，在車站看到櫻花，想來看一下，就下車了。哥哥，對不對？」

「我們去那裡的酒屋時，麻紀嚷嚷著，說有一個人很像你……」

「沒想到果然是爸爸。我就說嘛，我不可能認錯的。爸爸，剛好有三罐啤酒，我們一起喝完再回家，別告訴媽媽。」

麻紀從我手上接過塑膠袋，挽起我的手，拉著我走了起來。更糟的是，我們三個人走向弓子正在等我的那個公園。

「如果媽媽也一起來就好了，怎麼沒邀媽媽呢？」

麻紀看著我的臉問道。

「因爲媽媽要準備晚餐……爸爸只是想來看櫻花散散心。」

「媽媽眞可憐。今天店裡不是公休嗎？你應該中午帶她一起來，你一個人獨享櫻花太自私了啦。」

「是啊，早知道該邀媽媽一起來，眞的太自私了。」

「就是嘛。」

終於來到公園的入口附近。只要轉過那個角落，就可以看到弓子坐著等我的那張長椅。

但是，不知道爲什麼，我有強烈的確信，弓子應該不會在那裡。

轉過角落後，發現弓子果然不在。

麻紀指著我幾分鐘前才離開，然後弓子也跟著離開，如今已經空無一人的椅子說：「我們來坐一下。」我們親子三人大腿貼著大腿，擠在原本兩人座的長椅上。我拿著不知道什麼時候打開拉環、塞到我手上的啤酒喝了一口，趁一對兒女不備，偷偷地觀察周圍，卻遲遲找不到弓子的身影。費了很大的工夫，才終於看到她在一群正在熱鬧賞花的年輕人旁，用數位相機對著綻放的深粉紅色櫻花拍照。我來不及驚訝，她用極其自然的動作看向我們的方向，微微點了點頭，獨自轉身走向車站的方向。

麻紀他們打開我買的仙貝，在我兩側激烈地爭論著什麼。我並不感到空虛，那一定是因爲弓子獨自背負著原本應該由我承受的空虛回家的關係。保溫瓶內的熱酒溫度早就在嘴裡消失了。

「我當然知道，絕對很好喝。並不是因爲大家說好喝，我才跟著說而已，而是我眞的這麼認爲。」

「妳不管什麼都說好喝，早知道全都買發泡酒好了。反正只要在外面喝，什麼酒都會覺得好喝。」

「才不是這樣呢，眞正的啤酒當然比較好喝。」

「因爲比較貴，當然好喝啊。」

「哥哥，你在公司領這麼多薪水，即使喝幾罐啤酒奢侈一下，對你來說，也根本不痛不癢。」

「那就應該買三罐Premium malt的，那樣的話，現在爸也可以喝Premium malt了。」

「但我想比較看看啊。」

「爸，讓麻紀喝一口啊，她說想要比較，所以才特地買的。」

「但爸爸已經喝了，我不要了。」

我喝的似乎是發泡酒，但如果他們不說，我根本不知道。他們爭論完這個問題之後，仍然口沫橫飛地說個不停，然後，突然住口不說了。

「差不多該回家了，讓媽媽留在家裡，我們三個人自己在這裡開心，會遭到報應的。」和俊拿過我手上還剩下一半的啤酒罐問：「爸，喝起來果然和啤酒不一樣嗎？」我還來不及回答，他就咕嚕咕嚕喝完了。麻紀拍了拍穿著裙子的屁股，邁開了步伐，我這才發現她右手拎著一個淡黃綠色的紙袋。

「麻紀，這個漂亮的紙袋是什麼？」

「這個嗎？」

麻紀得意地舉起紙袋給我看。

「是馬卡龍。我在三越的拉杜蕾買的。之前我們去巴黎時，大家不是一起吃過嗎？你還記得嗎？」

「嗯，我記得……」

「但這不是買給我們吃的，是要送給弓子阿姨的。弓子阿姨明天生日，你知道嗎？」

三個人一起回到家，沙織已經準備好晚餐，正在餐桌旁看晚報。

「啊喲，你們一起回來的嗎？」

看到我們魚貫走進客廳，沙織穿起搭在椅背上的圍裙站了起來，打開了瓦斯爐的火。

和俊說了聲：「我去換衣服。」上樓回了自己的房間。

「對啊，我和哥哥一起回來的，在代田橋巧遇爸爸。」

麻紀從冰箱裡拿出裝了茶的保特瓶，把茶倒進杯子時，一下子打開飯鍋的蓋子，又打開了旁邊鍋子的蓋子，完全靜不下來。

「在代田橋？」

沙織把一個大盤子放進微波爐內問。

「去那裡幹嘛？」

「賞櫻啊，代田橋那裡的櫻花很漂亮，坐在電車上就可以看到，有一條好像護城河的小河兩岸開滿了櫻花，好像在下櫻花雨，媽媽，妳沒去看過嗎？」

「是嗎？」

「現在才開了八分，下個星期全家一起去吧。我們約在車站，然後在櫻花樹下吃炒麵。」

「我不去。」

看到母親難得的冷淡態度，麻紀有點驚訝。

「啊？為什麼？」

「我之前沒說過嗎？我不喜歡櫻花。」

「我不知道，第一次聽說。」

「因為櫻花樹的樹幹凹凹凸凸的，看起來好像老年人的腳，卻盛開出那麼純潔嬌嫩的花，妳不覺得很噁心嗎？」

「媽媽，妳別形容得那麼噁心啦。」

「所以我不是說了嗎？櫻花很噁心。」

我坐立難安，走去盥洗室洗手。

老年人的腳上盛開著那麼純潔嬌嫩的花……那是在指桑罵槐嗎？不知道。原以為妻子內心深處的嫉妒種子早就已經枯死了，難道其中有一、兩顆頑強地長出了細芽嗎？總之，從沙織的表情中不可能解讀出這件事。有一點年紀之後，內心和表情往往難以產生連動。不光是表情，就連說的話和內心的關聯也漸漸淡薄，只有沉默勉強和內心維持關係。只有話語和話語之間，或是呼吸和呼吸之間訴說著我內心的慌亂，但是，別人很難察覺到，只有自己知道。沙織剛才回答女兒「我不去」之前的剎那，我隱約察覺到類似的東西。

我稍微洗了洗臉後走出盥洗室，剛好遇見和俊穿了居家服下樓。和俊一看到我，立刻用嚴肅的表情問我：「爸，你眞的是去看櫻花嗎？」

「眞的啊，怎麼了？」

「如果要賞櫻，根本沒必要特地去代田橋啊，豆腐店院子裡的櫻花就開得很漂亮。」

「是沒錯啦……」

我正在思考該怎麼解釋，和俊詭異地笑了笑說：「算了，下個星期邀媽一起去吧。」

「你媽剛才說，她不喜歡櫻花。」

「騙人的吧，去年和前年我們全家不是一起去千鳥淵划船嗎？」

走進客廳，餐桌上放滿了春季的當令菜餚。麻紀把飯鍋端了過來，爲大家盛綠豆飯。

我的眼角掃到那個淡黃綠色的紙袋放在白色沙發上。

「媽，妳說妳不喜歡櫻花是當眞嗎？」

和俊問，沙織回答說：「對啊。」

「去年和前年去白鳥之淵時，妳不是頻頻稱讚很漂亮、很漂亮嗎？」

「對啊！對啊，媽媽，我也想起來了。」

「是沒錯啊，但我從今年開始討厭了。」

「爲什麼突然討厭？」

「我也不知道，但這種事很常見啊，不光是櫻花，還有食物、還有衣服和人……」

兩個兒女沉默片刻後，發出了宛如嘆息般的聲音。

「對了，我明天要去富子家，晚上不回來吃飯。」

「又要去嗎？你常常去她家，會不會造成她的困擾？」

「是我做飯啊，所以沒問題啦。」

「你做飯？做什麼？」

「大阪燒之類的。」

「聽起來很有意思……如果好吃的話，下次你也煎給我們吃。」

麻紀仍然和以前一樣，只要一聊到富子的話題，她就閉口不語，只是不會像以前那樣露骨地皺起眉頭。不知道是否因爲和俊突然訂婚的關係，她一度對和俊產生了幾近偏執的熱情，最近終於冷靜下來了。去年最後的那次騷動之後，和俊常常不在家，反而發揮了正面的影響。

和俊差不多一個星期中，有超過一半的時間都去他未婚妻家裡。在我第一次對他動手的翌日早晨，他說要在婚禮之前就立刻搬出去和未婚妻同居，我不同意。凡事都該講究規矩。我在大家面前鄭重地宣告了這輩子從來沒有說過，也並不眞心認爲是眞理的話。但是，當他提出要將原本在秋天舉行的婚禮提前到七月時，我就沒理由反對了。

總之，最重要的是不能有一個人突然離開這個家。如果要離開，就必須大家一起離開。

穿著睡袍的沙織關上了臥室的門，沒有看我一眼，俐落地打開了衣櫃的門。轉眼之間，就從衣櫃裡拉出另一張簡易床，她把被子拍鬆後，稍微整了整，脫下拖鞋上了床。

「可以關了。」

聽到她這麼說，我拿起手邊的遙控器，按了關燈的鍵。

黑漆漆的房間內，我仍然張著眼睛。我們夫妻從來不互道晚安，兩個兒女也不知道父母臥室的衣櫃裡藏了另一張床。

我在被子中伸直了雙手，確認自己的身體躺在正中央。雖然我每天都睡在正中央，但每天早晨醒來的時候，都會發現自己睡到右側床邊，幾乎快要滾下床了。即使從床的左側開始睡，結果也都一樣。既然一樣，至少一開始可以堂堂正正地睡在正中央。這是二十年前，我獨占這個床以來的習慣。這二十年來的夜晚，沙織也在和我的床保持垂直角度的簡易床上執行了只屬於她的習慣，迎接了二十個年頭的早晨。

「你今天怎麼樣？」

聽到腳的方向傳來沙織的聲音，我嚇了一跳。我們已經好幾個星期沒有在臥室內交談了。

「在代田橋時，沒有被兩個孩子撞見嗎？」

「沒有……」

「運氣眞好。」

「但我眞的嚇到了。」

「弓子呢?」

「遇見他們時,只有我一個人。弓子先回家了。」

「她一個人?」

「對,可能看到兩個孩子,所以就識趣地離開了……」

「眞可憐。」

「……麻紀說妳很可憐。」

「我嗎?爲什麼?」

「她說要和媽媽一起賞花才對……」

「是嗎……她眞善良。」

沙織沉默片刻後,用幾乎聽不到的聲音說了一句話,聽起來像是「幸好不像我」,但也可能是「幸好我沒去」,或是「幸好我活著」。總之,這幾句話的意思都差不多。我沒有問她,打算就這樣睡覺了,但沙織並不放過我。

「你們的神聖櫻花祭也到今年爲止了。」

「……」

「因爲是最後，所以神明故意惡作劇……」

「……」

「你有沒有在聽我說話？」

「有啊。」

「那你倒是說話啊。」

「我沒話可說。」

「你明明有，你太自私了，你一定覺得只要你不說話，我就會拚命地說。」

「自私嗎……？麻紀今天也這麼說我。」

「因爲那是你的本質，連二十歲的小女生都看穿你了。」

「是啊……」

「溫柔的女人都會被你們這種自私的男人騙了，麻紀很溫柔，我很擔心。自私的男人和溫柔的女人的組合，比任何一種組合更長久。你人生中最大的不幸，就是我不是一個溫柔的女人。」

「不，我很對不起妳……」

「說這種話已經沒意義了，都已經二十年了，你還不懂嗎？」

「不……」

「對不起，說這些傷感情的話，但我眞的很擔心麻紀，她擁有的愛太豐富了，也許是因爲我忍不住太愛她的關係。」

「但那不是壞事吧？」

「你是指太愛她嗎？是啊……但是，當一個人太愛另一個人時，不光是當事人，周圍也一定會有一、兩個人受到池魚之殃，不管當事人是不是幸福。」

「……妳遭受到池魚之殃了嗎？」

沙織沉默片刻後回答：「當然啊。」然後就不再說話。也許她在等我說話，也許該輪到我說些什麼。不一會兒，聽到沙織發出均勻的鼻息，但千萬不能大意，因爲她可能在裝睡。因爲我也刻意發出有規律的鼻息，假裝自己睡著了。

我注意自己呼吸的速度，眼前浮現出今天傍晚看到弓子在橋上的身影。雖然在相同的地點，看了相同的身影二十次，但二十個她的身影從記憶中消失，她總是同一個樣子。就連三十年前第一次見到的她，也和今天的她一模一樣。

雖然那一年，我十九歲，弓子才二十一歲。

我們在櫻花季節的代田橋公園相識。

當時，我是私立大學經濟系的學生，弓子是熟食工廠的工人。

那年四月的某個星期五晚上，幾個同學邀我說：「我們要去公園賞櫻，你要不要一起來？」去了公園之後，發現在他們坐著的草蓆旁，有一群穿著工作服的人也在賞櫻。穿著水藍色夾克的那些人背影看起來都很滄桑，我差一點忍不住咂嘴，但發現那群男人中，有三、四個女人，都很年輕、文靜，聽到其他男人大聲吆喝時，不時互看一眼，喝幾口酒打發時間。一開始，我躺在草蓆上不經意地觀察著，不一會兒，我的視線就離不開其中一個女人了。即使隔著夾克，也可以察覺到她削肩細腰，簡直就像是竹久夢二的畫中走出來的溫柔女人。我不經意地坐了起來，穿上鞋子，走到幾個女人坐的塑膠布旁，直接問了她的名字。這時，我從夾克的衣領中看到了她的水藍色襯衫領子。她並沒有太驚訝，好像早就在等待我走過去似的回答：「我叫弓子。弓箭的弓，弓子。」

我帶她去櫻花樹下散步，走累了就找地方休息；坐累了再繼續走。當時的我和弓子都很健談，和現在大不相同。我們有永遠都說不完的話，然後，我送她回家。她寄宿在世田谷線沿線的一棟公寓，離公園大約一個小時左右路程。我理所當然地想要進屋，被她溫柔地拒絕了。

「因爲我們可以成爲很好的朋友，如果被短暫的熱情沖昏了頭，就會破壞原本或許可以維持一輩子的友情，你不覺得很可惜嗎……？」

她用這番話把我推回春天的暗夜。

之後，我們頻繁見面，但她時時提防著我們之間剛萌生的友情不會以很糟糕的方式夭折。和她相約晚上吃飯時，她總是戴著一副很誇張的眼鏡，穿上很不合身的毛衣和長褲，卻一副若無其事的樣子。我不禁感到有點掃興，懷疑這難道也是爲了我們的友情嗎？當我自暴自棄地爲這件事調侃她時，弓子立刻脹紅了臉，不好意思地說：「我姊姊很胖……」雖然她當時感到不好意思，但下一次見面時，她又穿著類似的衣服現身。

年輕貌美的她在工廠當工人，即使再怎麼窮困，也應該可以養活自己，但二十一歲的她還必須借身材肥胖的姊姊的衣服來穿……。如果她沒有說謊，到底代表了什麼意義？我忍不住思考這個問題，最後前去百貨公司的女裝專櫃，找了體型和弓子相似的店員，買了從襯衫、絲巾、裙子到襪子等一整套衣服送給她。她一度拒絕我，說絕對不能收這種禮物，但我半強迫地把包裹塞給了她，掉頭回家了。下一次約她吃飯時，她只穿了件我送她的裙子。

那時候，我已經打算做西式糕餅，調查了東京都內各家知名的西點店，一到週末，就帶她去吃。弓子只要吃鮮奶油就會不舒服，此舉或許造成她很大的困擾，但我樂在其中，以爲這種週末會永遠持續下去。大學畢業後，我進了做西點的專科學校，弓子開始在意我從大學時代開始就不斷上升的體重。弓子說，你再這樣胖下去，一定會早死。如果你比我早死，我會難過得活不下去！那天之後，我每天花一個半小時走去學校，除了試吃的糕餅以外只吃高麗菜。半年後，我和之前判若兩人，整個人都瘦了下來。

弓子提出除了西點以外，偶爾也想嘗嘗和菓子。我查了相關雜誌，問了好幾個對和菓子很有研究的同學，得知四國的深山裡有一間和菓子店。我謊稱要考駕照，向父母騙取了兩人份的旅費，和弓子一起前往四國。在那裡吃的豆沙大福改變了我的人生。雖然大福並沒有傳說中那麼好吃，對弓子來說卻不一樣。在她眼中，那是有著大福外形的其他東西。

弓子熱淚盈眶地說：「沒想到在我微不足道的人生中，可以在這麼美的綠意中，吃這麼好吃的東西。謝謝你帶我來這裡。」

那天之後，我決定捨棄西點，邁向和菓子之路。

但是，我和弓子認識了數年，仍然沒有進一步發展爲男女關係。我們相互尊重，爲弓子所說的「可能會持續一輩子的友情」奉獻。不，正確地說，我在她面前時努力僞裝，但有時候實在難以克制，甚至爲此流下了男兒淚。我在我們未完成的友情前無能爲力。

認識第五年時，弓子因爲家中有喪事，要回鄉下一個星期。我獨自留在東京，在西點學校的老同學邀約下去參加了聯誼。

我在那次聯誼時，認識了沙織。

沙織是家中的獨生女，她家經營西點老鋪，在東京都內有好幾家分店。我無法抗拒大家閨秀特有的純眞聰明和美麗，不，我根本無意抗拒，因爲年少輕狂和冒險心，和她共度了一晚。弓子在一星期後仍然沒有回到東京，於是，我隔週又約了沙織見面。弓子打電話給我說，鄉下的祖母身體狀況不佳，她辭去了熟食工廠的工作，等祖母康復後再回東京。當時，我已經對沙織如癡如醉，自由出入沙織在東京都內租的兩房一廳公寓。

久而久之，我不再每隔三天打一次電話給弓子，即使她打電話到我家，每三次中，我都有一次謊稱自己不在家，之後，又從三次變成兩次。不久之後，沙織懷孕了。剛好是我事隔兩個月接到弓子的電話，聽到她用開朗的聲音說：「我下個星期要回東京」的隔天……。

回想到這裡，我突然感到疲憊不堪。每年一度和弓子賞花後的夜晚，我都覺得必須回想起過往的所有一切。

在急速被拉進睡意的意識中，戴著眼鏡、身穿寬大長褲、面帶微笑的弓子，和甩著一頭披肩波浪長髮、在迪斯可狂舞的沙織，交織在一起，變成一片黑暗。

翌日早晨，當我走進店裡的廚房時，員工大澤和河野已經在做準備工作了。

「早安，昨天還順利嗎？」

我向他們打招呼，比較資深的大澤回答說：「是，很順利。」昨天我請他們負責準備內餡，我同意他們在研究和菓子時，可以使用店裡所有的東西，即使是店裡公休的星期一，他們幾乎都會來店裡。這兩個年輕人都很熱心開爽，我很中意他們。並不是因爲從他們身上看到自己年輕的時候，而是完全相反，我覺得自己年輕時從來沒有像他們那樣。

「我來看看。」我打開鍋蓋，看他們準備的內餡，每顆紅豆都熟得很均匀，不難察覺他們費了不少工夫。

「很不錯，謝謝，但你們也累了吧，上週一直都很忙……」

「櫻餅和草莓大福都在上午就賣完了，老闆娘也很高興。」

「因爲目前剛好是這個季節，要趁現在多加把勁。過一陣子就會好點，再忍耐一下。」

「好。」兩個人都很有精神地回答。我看了訂單，確認了今天預約的內容，把櫻餅交給他們負責，自己也開始動手做當令的草莓大福。

秤好求肥麻糬（譯註：用糯米、糖和麥芽做的麻糬，很多和菓子都使用Q彈的求肥麻糬作爲外皮）的分量，把材料放進鍋子之前，我不經意地瞄了兩名年輕的徒弟一眼。河野來這家店才三年，還有很多需要學習的地方，但每次偷偷觀察大澤，都覺得讓人安心。無論在準備內餡還是成型時，大澤都很仔細，卻不失男人特有的粗獷，或者說是適度的野性。這種似有若無的野性妙不可言，雖然無法呈現在和菓子的味道上，但和紅豆、砂糖一樣，是很重要的素材之一。不光是和菓子，所有從事創作的人都不能只有細膩，大澤在這點上顯然比我更出色。他來這家店將近十年，剛來這裡時，還是大學剛畢業的白面書生，如今，即使隔著工作服，也可以看到他手臂上飽滿的肌肉，體格也越來越好。不出幾年，他應該就有能力自立門戶了。但最好能夠緩一緩，在和俊可以獨當一面之前，如果他就辭職離開，恐怕會有很多不便。

開店前三十分鐘，弓子來店裡。她來到廚房向大家打招呼後，戴上圍裙，去門口打掃。她像往常一樣面無表情，好像把昨天和我約會的事忘得一乾二淨了。看到她的樣子，我鬆了一口氣，但也有點落寞。

「呃，老闆，請問你覺得這個怎麼樣？」

當我回過神，發現河野站在我旁邊。他手上保鮮盒裡的和菓子無論顏色和形狀我都沒見過。

「這是什麼？練切（譯註：在豆沙餡中加入求肥麻糬後，加入各種顏色，做出各種造型漂亮的和菓子稱爲練切）嗎？」

「昨天大澤師兄做的，只是試作而已，想送給弓子姊……」

「送給弓子？」

「聽說今天是她生日……是根據對弓子姊的印象做的。」

練切做成有一定厚度的貝殼形狀，從橙色到淡黃色的漸層色彩十分漂亮，表面覆蓋了幾層薄片。

「這是你們對弓子的印象嗎？」

「是啊……」

「老闆，不是有一種瑪德蓮蛋糕嗎？就是模仿那個。」

大澤代替河野回答。

「弓子姊做的瑪德蓮很好吃。雖然她很少做……上次我家的狗生小狗時，她做了送我當作賀禮。」

聽到瑪德蓮時，我差一點雙腿發軟，但這兩個年輕人應該沒有察覺我的表情有任何變化。

「瑪德蓮嗎？是啊……的確很符合弓子……。話說回來，做得眞不錯啊，外形也很棒，她一定會很高興。趕快包一包，在開店營業之前交給她吧。」

兩個年輕人互看了一眼，開心地笑了。然後急忙把和菓子放進事先準備好的小盒子，小心翼翼地包好包裝紙，繫上紅色緞帶。當弓子從外面走進來時，深深地鞠了一躬遞給她：「生日快樂！」弓子驚訝地放下手上的掃帚和畚箕，接過了禮物。

我隔著廚房的布簾看著這一幕。弓子開心地打開盒子，和她三十年前探頭看著微波爐的樣子絲毫沒變。教她做瑪德蓮的不是別人，正是我。瑪德蓮蛋糕是我在短暫的西點學校時代，唯一教她做的點心。用弓子家的老舊烘箱時，中央的部分經常無法順利蓬起來，在多次製作後，我們終於掌握了訣竅。我曾經送她一個可以同時烤八個瑪德蓮的銀色烤模……她至今仍然用那個烤模烤蛋糕嗎？兩名徒弟走回廚房，我停止回首往事，專心手上的工作。在製作和菓子時要像設計火箭的科學家般沉默，這是我為數不多的信條之一。

做完大福後，我把做得最出色的兩個放進保鮮盒，放在工作台的角落。只要放在那裡，弓子在午休時會拿去家裡。麻紀放學回來後，這兩個大福就是她的點心。

我和弓子平時在店裡很少說話，我們的關係平淡無奇，這個保鮮盒是我們唯一的交集。

「爸、媽，你們婚禮時，找誰主持餘興節目？」

快吃完晚餐時，和俊慢條斯理地問。

「啊？餘興節目？」

「就是餘興節目啊，婚禮上的餘興節目，我們不知道該找誰。」

「哪有什麼餘興不餘興的，我們根本沒舉辦婚禮。」沙織回答，麻紀「啊！」地驚叫一聲，原本打算夾蠶豆的筷子停在半空。

「你們沒有舉辦婚禮？」

「對啊。」

「爲什麼？但我曾經看過你們婚禮的照片啊。」

「只拍了結婚照作爲紀念，讓你們長大之後可以看。」

「你們沒有舉辦婚禮，難道當年是私奔嗎？」

和俊問。

沙織回答說：「嗯，是啊，」然後看著我的臉問：「對不對，老公？」

「嗯，對啊，當初的情況無法舉辦婚禮。因爲爸爸和媽媽都和各自的父母鬧翻了，擅自結了婚。」

「是喔……」

「真希望麻紀或是和俊舉行婚禮時，他們幾位老人家能來。」

「爸，你雖然嘴上這麼說，結果上次不是沒去爺爺家嗎？那是我第一次見到爺爺，緊張死了。雖然惠子姑姑陪我去，但我完全不知道該對爺爺說什麼。」

「幸好爺爺同意了你們的婚事。因爲你們是表兄妹，原本以爲爺爺可能不會答應……」

「爸，你要不要趁這個機會和爺爺和好？一直這樣鬧彆扭下去未免太幼稚了。私奔是以前的事，現在大家都過得很幸福，以前那些事，就付諸流水吧。爺爺和奶奶雖然說話不好聽，但我認爲他們並沒有討厭你，不管怎麼說，畢竟是親生兒子嘛。」

「雖然可能不討厭我，但一定很痛恨我……」

「什麼意思啊，討厭和痛恨不是一樣嗎？」

「不，感覺好像一樣，其實是完全不同的事。喜歡卻痛恨是最大的問題……」

「我可能理解爸爸的這句話。」

麻紀露出自嘲的笑容。看到她的笑容，沙織說：

「真對不起，爸爸和媽媽年輕時不懂事，離家出走，所以你們從小到大都沒有爺爺奶奶的陪伴。」

「沒關係，我對老年人沒興趣，好像只要輕輕碰一下就會死翹翹了。」

「麻紀，老年人沒那麼容易死，要尊敬老年人。無論怎麼說，老年人走過的橋比妳走過的路還多，所以他們很頑強。」

「是嗎？爺爺很帥，上次我看了哥哥拍回來的照片，覺得可能會喜歡爺爺，但奶奶好像很壞，而且又矮又瘦，好像遞個飯碗給她，就會把她彈出去。」

「妳下次可以一起去玩。」

「我嗎？」

「跟阿和，還有富子一起玩。」

「我才不要。」

「別這麼說嘛，麻紀，妳去吧，你們都是孫子，爺爺、奶奶一定很高興。」

「那我不想去爺爺、奶奶家，想要去外公、外婆家。媽媽，外公他們住在哪裡？他們現在過著怎樣的生活？」

「這個嘛，是祕密……」

「爲什麼？爲什麼是祕密？」

「對啊，媽，我和富子也在說，婚禮時，也應該邀外公、外婆參加。雖然我不知道你們過去曾經發生過什麼事，但都已經那麼久了，早該過了時效吧。你們可以趁我們結婚的機會和解。」

沙織聳了聳肩，「不好意思，我娘家那邊就算了。」說完，她離開了餐桌。和俊和麻紀都露出不解的表情，但互看了一眼之後，似乎放棄了。

「阿和，婚禮準備得怎麼樣了？」

「喔，很順利啊。對了，下下週的星期天，要不要一起去婚禮場地看一下，之後一起吃飯？如果是傍晚之後，可以把店交給大澤他們。」

「也對……我們也要去婚禮場地嗎？」

「富子會穿婚紗，也想聽聽大家的意見。」

和俊瞥了一眼身旁妹妹的表情。麻紀以機械式的速度把蠶豆送進嘴裡。

「是嗎？富子還好嗎？最近都沒見到她。」

「她很好啊，從上週開始做新娘美容。」

「你不用去做美容嗎？」

「我不需要吧。」

「那我可以去嗎？」麻紀停下手，在一旁插嘴問道，「哥哥，既然你的預算多出來了，那就讓我去做嘛。」

「我什麼時候說我預算多出來了？即使眞的有多出來的預算，也不會花在自己的臉上，而是用在婚宴的料理或禮物上。」

「反正一輩子只有一次，就抱著破產的決心奢侈地辦一次。至於婚禮贈品，如果是我，就不會送那麼重的紙袋，改走小而美的路線，事後寄到來參加婚宴的客人家裡。」

「但空著手回家，不是覺得好像少了點什麼嗎？紙袋稍微重一點，會覺得袋子很大，裡面放了很多東西，好像値回了票價。」

「這太卑鄙了啦，來參加婚禮的人並不是爲了來領福袋，而是眞心祝福你們。」

「正因爲這樣，更要他們帶著好心情回家啊。」

「那種紙袋可以讓人有好心情嗎？」

「那妳想要什麼？」

「我什麼都不要，只要桌上的花就好。不，即使沒有花，只要你們對我發誓絕對永遠相愛就好。爸爸，對不對？這才是舉辦婚禮的意義，不是嗎？在所有人的面前，對著所有人的生命發誓才是最重要的事，不是嗎？」

麻紀的眼神很認真。看到她那雙純潔無瑕的眼睛，我絕對無法說謊。

「是啊，發誓很重要，是最重要的事。但是，發誓同時也伴隨著責任，要對此負責是相當、相當困難的事。」

「結婚不就是這麼一回事嗎？」

「對啊，雖然很困難，但很值得挑戰。只有挑戰後，持續努力的人，才能得到美好的禮物，像是有你們這麼優秀的小孩，以及自由自在的庭院，和內心的安寧……」

和俊口袋裡的手機響了。他按下了通話鍵，向端著茶走進來的母親示意「等一下再喝」，上了二樓。

「不知道他打算找多大的新房。」

沙織把茶倒進三個人的茶杯中問。

「我記得他說，準備找比目前富子住的房子再大一點的。」

「他打算什麼時候搬？如果在婚禮之前，現在就要開始準備家具之類的東西了。」

「我想送哥哥一台酷酷掃（Roomba）。」

「酷酷掃？酷酷掃是什麼？」

「爸爸，你不知道嗎？就是自動吸塵器啊，好像飛碟一樣的機器人會自動把房間打掃乾淨。下個星期一，我們一起去看吧。如果媽媽不想看櫻花，我們就不管哥哥，三個人一起去銀座或是其他地方吃頓大餐。」

「媽媽不去了，你們父女倆一起去吧。」

「媽媽，妳不光討厭櫻花，連銀座也討厭了嗎？」

「下星期一要在豆腐店二樓上插花課，豆腐店老闆娘找了很有名的老師，傍晚一定很累，所以我留在家裡看家就好。」

「是喔……」

麻紀一臉遺憾，但沙織安慰她：「和爸爸兩個人約會不是也很棒嗎？」她立刻笑著轉頭看著我說：「也對。」我不知道該露出怎樣的表情，麻紀露出這個世上最幸福的笑容，似乎可以融化任何頑固的心。小時候，當我把切成一口大小的大福放進她嘴裡，她就是對我露出這樣的笑容。我看著她的笑容，覺得她是一個給予愛的人。這是沙織教育的結果。

她之前說：「我太愛她了。」

但是，這個世界上沒有衡量愛的單位，也不存在適度的愛。

愛不是太多就是太少。

我們只能二選一。

去有樂町的Bic Camera看完酷酷掃之後，麻紀說要去和光的巧克力沙龍，但我想去三越的拉杜蕾。聽到我這麼說，麻紀一臉驚訝地問：「爲什麼？」

「因爲爸爸也想吃馬卡龍。」

「是沒問題啦……但那裡都是女人，而且一定很擠，也很吵。只要坐一下子，就會心浮氣躁。你確定不是要買回去吃，而是想在那裡吃嗎？」

「對，稍微有點心浮氣躁也沒關係。偶爾也不壞啦，而且，如果不是和妳在一起，爸爸也不會去這種地方……」

「一個人去也沒關係啊，有時候會看到有大叔單獨一個人坐在那裡。」

「是嗎？像爸爸一樣的大叔嗎？」

「對，而且像老鼠一樣，一小口一小口地吃。周圍的年輕女孩都看著他，當然誰都不會說什麼。」

「我多少能夠了解那個大叔的心情，他一定想要懲罰自己。」

「吃馬卡龍懲罰自己嗎？」

「妳之前不也是整天吃大福，說要懲罰自己嗎？」

「我的大福和大叔的拉杜蕾所代表的意義完全不一樣。」

「差不多啦。」

「我是不是變胖了……」

麻紀突然沮喪地低下頭，用力拉著穿著裙子的腰部兩側。

走到和光前的路口，看到對面三越二樓的拉杜蕾咖啡店。無論年輕的還是年老的，整家店都是女人。「你真的要去嗎？」麻紀向我確認，我只應了一聲：「對。」來到二樓，走進咖啡店，身材高大的年輕服務生恭敬地把我們帶到窗邊的座位，送來裝了水的杯子。

麻紀端詳著菜單片刻，似乎突然覺得看累了，啪地把菜單闔了起來，找來剛才的服務生，然後用略帶不悅的態度向他點了開心果口味的冰淇淋和馬卡龍組合。服務生告訴她，可以選擇三種類馬卡龍，她用更加不悅的聲音回答：「全都要開心果。」我也點了巧克力口味的相同組合，也點了服務生推薦的紅茶。當服務生離開後，麻紀再度巡視了店內。

「麻紀，妳已經開始心浮氣躁了嗎？」

「我想起為什麼在這裡會感到心浮氣躁的理由了，最大的理由，就是在點餐的時候會猶豫不決。」

「去每家餐廳都一樣吧。」

「來這裡時最嚴重。爸爸，你記得我們在巴黎的這家店吃馬卡龍嗎？那家店很小，當時買了所有的口味，大家一起坐在外面的長椅上吃，所以沒有感到心浮氣躁。當時的馬卡龍很好吃，但並沒有到特別好吃的程度。」

「是嗎？爸爸覺得特別好吃啊，難道是因為大家一起吃的關係嗎？而且，天氣也很好。」

「但是我們帶回來後，弓子阿姨最高興，她說從來沒有看過這種糕點……幸好當時多買了。所以上次她生日時，我也來這裡買了馬卡龍，她很高興。」

麻紀從送上來的銀器中直接拿起淡綠色的馬卡龍，好像在吃番茄般大口咬了起來。雖然吃相很差，但我也模仿了她的方式。久違的西點味道沿著記憶的細管，帶著淡淡的幸福，墜落在我內心最暗、最冰冷的角落。

「眞好吃。」

「對吧？」

「難怪弓子很高興。」

「其實大部分糕餅店都有賣馬卡龍。」

「弓子可能覺得難得一見吧。」

「我覺得弓子阿姨本身就是一個難得一見的人。」

「弓子嗎？爲什麼？」

「雖然外表看起來是一個普通的歐巴桑，但心境好像還停留在十五歲的階段……總覺得她有點涉世未深，我說的是正面的意思喔。我很喜歡弓子阿姨，覺得她好像從來沒有做過壞事，也從來不覺得別人是壞人。」

麻紀吃完第一個馬卡龍後，把第二個舉到額頭的高度，把正面和反面翻過來吃。

「而且，她對店裡也很忠誠，從我小時候她就一直在我們家工作。爸爸，爲什麼不讓弓子阿姨當正職員工，而是當計時工呢？」

「因爲弓子也有她的情況……」

「弓子阿姨不想當正職員工嗎？」

「不是不想……可能有什麼原因吧。」

如果想要掩飾，應該可以掩飾得更好吧。我覺得自己似乎偏偏在女兒面前說這種迂腐的藉口來遠距離操控弓子。

「又是大人的原因……整天都這麼說，我完全搞不懂。」

我們父女兩人以相同的速度吃完第二個馬卡龍，我注視著靠向快要溶化的冰淇淋山上、變得很飽滿的那個馬卡龍，覺得很像酷酷掃的形狀。

「酷酷掃眞的很聰明，居然會自己回到充電器上，太厲害了。」

「對吧？我要送哥哥這個當作結婚禮物。」

「妳已經適應了嗎？」

「適應什麼？」

「阿和結婚的事。」

「哥哥不是還沒結婚嗎？現在只是訂婚而已。」

「麻紀，人生中有些事必須接受。哥哥的結婚是很多不得不接受的事中程度最輕的。」

「我知道，但是……」

麻紀拿起湯匙，撫著銀器邊緣說。

「爸爸，你上次不是說，雖然不討厭，但很痛恨是最大的問題。」

「對……」

「我喜歡哥哥。富子的話，和之前相比，我比較喜歡她現在的樣子。我相信以後花點時間，可以慢慢喜歡她。我想要努力。但是，無論再怎麼喜歡，也不會減少我內心的痛恨。因爲即使現在這一刻，我也很恨哥哥。」

「妳開口閉口都是哥哥，難道沒有其他喜歡的男生嗎？」

「喜歡的男生？沒有。我已經決定，不再談無聊的戀愛了。所以，下次戀愛時，我要談眞正的戀愛，完全憑自己的直覺。在遇見對的人時，我會立刻行動。在憎恨產生之前，少說廢話，用盡所有的力量把這個人從全世界人的手中搶過來。」

「全世界人的手中……，但是，我說麻紀啊，妳不覺得因爲一時的戀愛感情，破壞和對方也許可以持續一輩子的友情，或是可以讓心情感到平靜的關係很可惜嗎……？」

我當然是因爲想到弓子，才會這麼問。三十年前的夜晚，剛認識的弓子用這句話溫柔地把我推入春天的黑夜中……。

但是，女兒很快就回答了我，讓我無法長時間沉浸在這種感慨中。

「爸爸，如果相反呢？」

「嗯？」

「如果是相反的情況。也許是持續一生的戀愛，將原本只能持續一分鐘的美好關係延續到永遠呢？」

麻紀把最後的馬卡龍沉入相同顏色的冰淇淋中。

「我認爲這才是戀愛或是熱情的價值所在。把剎那變成永恆，正是這種關係美好的地方。但是，相反地，正因爲這個原因，世界上有很多原本可以在剎那間結束的事遲遲無法解決，一直丟在那裡成爲一個麻煩，折磨大家。難道不是這樣嗎？」

來。

　　麻紀把馬卡龍完全沉入冰淇淋後，用紙巾把湯匙擦乾淨，用湯匙從角落開始吃了起

　　看到動作中還帶著稚氣的二十歲女兒談論著戀愛和熱情，我產生了一種近似悲傷的感情。三十年前的我們是否了解麻紀剛才說的話？不，順序顛倒了。是我們先知道，麻紀才會知道。

　　不知道是否我沉默不語令麻紀感到擔心，她突然抬起眼睛。

「對不起，我說了這些莫名其妙的話。爸爸，我和你一樣很浪漫，你有沒有覺得我稍微變聰明了？」

「妳已經夠聰明了……」

「但是，我現在仍然相信爸爸星的故事。」

「爸爸星的故事？」

「你不記得了嗎？虧我哭了那麼多次。」

「是我說的嗎？」

「原來你眞的忘了。大人眞的很不負責！我小時候不知道爲這個故事哭了幾百次……」

「是怎樣的故事？爸爸忘了，趕快告訴我。」

「好啊。」麻紀嫣然一笑，「爸爸和我們不一樣，不是在地球上出生的，而是來自爸爸星。爸爸星上住了很多爸爸，當地球上有嬰兒出生時，就會被命令去當那個小孩的爸爸，降落在地球上。等那個嬰兒長大之後，就完成使命，回到爸爸星，等待有新的嬰兒出生。所有的爸爸在待命期間都在練習造房子，下將棋，跑步鍛鍊身體或是喝酒。你在爸爸星上負責做糕點，所以在地球上也是做糕點的。」

我完全不記得曾經告訴她這種異想天開的事，但麻紀的嘴角帶著冰淇淋的一抹淡綠色和少許寂寞繼續說道：

「你在說這個故事時，常常會說，很想早日回去爸爸星，所以很期待我快快長大。等我長大，和別人結婚時，你會從爸爸星上丟很多祝賀的糕點到舉辦婚禮的教堂。你總是笑著這麼說，但我每次看到你的笑容，都覺得好難過。因爲你說想要趕快回去爸爸星，讓我覺得也許你和我們在一起並不幸福……，很擔心早晨起床後，你丟下媽媽、哥哥和我……」

「爸爸居然編了這麼無聊的故事，眞對不起。」

「對嘛。難怪我都長不高，絕對就是因爲這個原因。」

麻紀笑著說。

「我現在仍然不時會這麼想。每次放學回到家裡，看到廚房放了大福的保鮮盒，知道你還沒有回爸爸星，但忍不住想，這也許是最後的大福。所以，我在吃你做的大福時，絕對都是帶著珍惜的心情在品嘗。」

「爸爸沒有什麼爸爸星可以回去，不過宇宙這麼大，搞不好眞的有爸爸星……」

「如果有的話，你想回去嗎？」

麻紀停下手，一臉嚴肅地望著我。

「比方說，今天晚上有使者來迎接你，你想回去嗎？」

銀器中，埋進冰淇淋內的馬卡龍探出超過半個頭，表面已經裂開，顏色變得很深。我移開視線，看著桌上插著玫瑰的小花瓶。玫瑰的細枝似乎在透明玻璃花瓶的水中抖動。我很想觸摸覆蓋表面的一個個細小氣泡。

「不，」我緩緩搖了搖頭，「只有那個家才是爸爸的歸宿。」

麻紀是我和弓子的女兒。

並不是沙織和我生的。

但是，麻紀從小至今，一直被當成是我和沙織的女兒。沙織眞的很盡職，她在養育麻紀的過程中，付出了比對自己親生兒女更多的愛。

和俊和麻紀都不知道這件事。

但是，告訴他們眞相的日子漸漸逼近。

造成這種結果的所有原因，是因爲我和弓子之間沒有染上任何色彩的純潔關係，對年輕歲月來說，五年的時間未免太長了。

當沙織懷了和俊後，我被現實用力抓住手臂，有生以來第一次覺得自己和一個實際存在的女人一起站在地面。我和弓子在空中飄浮將近五年，這種感覺令我感到害怕，但是我知道，一旦我逃離沙織和她肚子裡的孩子，我將再度失去重力，永遠在空中飄浮。這件事更令我感到害怕。因此，我只剩下唯一的選擇。但是，沙織的父母強烈反對我們的婚事，一方面因爲我還是在學藝的和菓子師傅，更因爲在她把我介紹給她父母之前，就先懷孕了。更糟糕的是，沙織已經有一個在雙方家長安排下談妥，已經處於半婚約狀態的男友。

她的父母在見我之前，就去找了我的父母，留下一筆現金想要離開。但是，我的父母也是自尊心很強的人，非但沒有接受這件事，父親更氣憤地把那筆錢連同信封砸向沙織父親的臉。她父親的臉被砸出一片瘀青，可見那筆現金的金額不小……。我得知之後，幼稚地對父母破口大罵，母親不讓激動的父親靠近我，我甚至對著母親說出了充滿詛咒的話。於是，事態已經失控，離開了我們的掌控範圍，等待在空中分解。當時的我和沙織有著年輕人特有的敏感，覺得世界上的一切都變成了我們敵人。我們不再等待不知道什麼時候開始的空中分解，決定捨棄所有的血緣關係自行結婚。

和俊出生後不久，我下定決心，辭去了止在學藝的和菓子店，用進大學時開始存的錢（當初在開設這個帳戶時，母親就爲我匯入了將近五百萬），在鳥山開了一家自己的店。沙織也用自己的存款出了一半的資金，所以，在店面的裝潢和商品的展示上都特別講究。剛開店時，客人絡繹不絕，可惜這種盛況並沒有持續太久，但即使經營出現了赤字，我們也無法輕言放棄。我和沙織都無路可退，無論再怎麼苦，都絕對不能回去投靠父母。我們在這個問題上意見一致。

我們輪流抱著在晚上哭鬧不已的和俊，那一陣子，我們整天沒日沒夜地工作，連睡覺都幾乎變成了一種奢侈。我不想讓從小嬌生慣養的沙織吃苦，沒想到她很有毅力，也很聰明。她有時候會特地選擇困難的路，也很有決心，即使我犯下致命的錯誤，她也從來沒有對我大小聲，宛如經驗老到的教師般訓諭我這個丈夫。

和俊三歲時，我們的不斷努力終於有了成果，店裡的經營開始步上軌道。和俊白天送去幼稚園，我和沙織終於擺脫了以往的辛苦。

在全力投入工作的三年期間，我並不是從來沒有想起過弓子。雖然早就和她斷了聯絡，但和她之間的苦澀回憶從未離開過我的腦海。她的身影曾經令我渴求不已，然而，隨著時間的流逝，宛如小時候常做的夢，在上學路上每天看到的牆上塗鴉般漸漸模糊起來，也不想再確認眞相。

然而，我太天眞，也太大意了。弓子並不是夢，也不是上學路上的塗鴉，而是一個活生生的女人。

她突然出現在我的面前。

當我隔著廚房和店面之前的布簾看到她的身影時，知道原以爲結束的事並沒有結束，原以爲開始的事其實並沒有開始。

弓子像以前一樣，穿著鬆垮垮的褲子，戴著那副土裡土氣的眼鏡，但無論她的長褲還是眼鏡，似乎出現在她身上就變得格外寬鬆。我立刻知道，在互不見面的幾年期間，我得到了妻兒和這家店，但弓子不僅一無所獲，甚至連原本屬於她的、為數不多的東西也被奪走了。

「好久不見。」

弓子對我鞠躬打招呼。站在收銀台旁的沙織面帶笑容地問我：「你朋友嗎？」我並沒有告訴沙織，我之前有弓子那樣的朋友。

「對……」

「對不起，我沒有事先聯絡就上門叨擾。因為我聽說你開店了……」

弓子突然脹紅了臉，推了推快要掉下來的眼鏡。

「不……」

「不好意思，你正在忙……」

「不……」

我們的對話很不自在，我對在一旁笑咪咪地聽著我們談話的沙織說：

「她是我學生時代的老朋友鮎川弓子。弓子，這是我內人。」

「我叫沙織，請多關照。」

沙織恭敬地鞠了一躬。看到沙織落落大方的態度，弓子的臉脹得更紅了，剛扶好的眼鏡好像又快滑下來了。

「我去泡茶，馬上就要打烊了，對不對？」

「對啊。弓子，家裡不大，請進。」

在我和沙織的熱情邀請下，弓子不僅在家裡喝了茶，還和我們一起吃了晚餐。

她回老家後，我們一直沒有見面。也許她曾經寫信給我，但因爲都是寄去我父母家，所以父母也無法轉寄給我。

弓子在沙織的發問下，說出了這幾年所發生的事。她爲老家的祖母送終後回到了東京，她那個身材肥胖的姊姊欠下大筆債務後失蹤了，弓子爲姊姊作保，所以白天在之前的熟食工廠上班，假日和晚上去摩鐵擔任清掃員，上個月，終於還清了所有的債務……。沙織雖然是有錢人家的女兒，但她心地善良，再加上這幾年了解了辛苦的滋味，所以對弓子深表同情，不禁頻頻拭淚。

「弓子姊，妳現在情況怎麼樣？有沒有比較輕鬆了？」

「現在終於不需要晚上也上班了……不知道是否因爲一下子卸下重擔的關係，這一陣子身體突然出了狀況，工廠也要求我先回家休息。我現在無法久站……雖然可以做晚上的其他工作，但以我的外形，恐怕店家也不願意收我……」

「是嗎？那弓子姊，妳來得正是時候！如果妳不嫌棄，要不要來我們店裡工作？在妳身體改善之前，妳可以在傍晚時來做幾個小時。老公，你之前不是說，差不多該僱一個幫手了嗎？這麼一來，我去接和俊時，你也可以專心工作。弓子姊，妳在這個時間點上門，一定是緣份……」

於是，弓子從翌週開始在店裡工作。

沙織和弓子經常一起外出採買，或是湊在一起看女性雜誌，變成了好朋友。沙織建議弓子戴隱形眼鏡，也經常帶一些有營養的食物來店裡。我盡量避免和弓子單獨相處。我不希望沙織察覺我和弓子之前那段剪不斷、理還亂的關係，我不時隔著布簾看到弓子的背影，也有一種難以割捨的情懷。也許在第一次見到她的那個夜晚，她把我推入春天的黑夜後，我至今仍然身處黑夜之中……。每次從廚房看到她的背影，黑暗就悄然近身。到底發生了什麼事？難道是無法完成任務的未來亡靈，目前化為弓子的身影對我展開攻擊？想到這裡，就覺得那個夜晚的溫暖春風吹過我的體內，發出宛如金屬相碰般的可怕聲音。

當沙織和高中同學一起去伊豆兩天一夜旅行的那天夜晚，我們第一次有了肉體關係。並不是我主動，也不是弓子，但一切都簡單得令人驚訝，這一切是為了憑弔我們之間未完成的，既不算友情，也不算是戀情的這段關係。僅有的這一次憑弔行為，卻讓我們的關係延續成為半永久性的關係。

數個月後，當弓子告訴我她懷孕的消息後，我立刻告訴了沙織。沙織臉色蒼白，渾身發抖。我不斷向她低頭道歉。沙織和弓子已經建立了好友關係，所以，我們兩個人同時背叛了沙織。我至今仍然為帶給沙織這樣的侮辱感到羞恥，沙織為了和我在一起，拋棄了從小生長的家庭，出資協助我開店。美麗的臉上出現了黑眼圈和青春痘，纖瘦的背上背著孩子，辛苦地照顧著這家店，是全世界最值得尊敬的妻子。我卻為了個人的感傷，輕而易舉地玷污了她。

「我可以發誓，」沙織微微張開厚唇說道，「我從來沒有懷疑過你們兩個人。」

「喔……」

「你們爲什麼要這樣做？」

「……」

「你們怎麼忍心？我完全搞不懂，唉，但是我再怎麼樣也回不去了！回不去了！」

沙織第一次在我面前大聲叫喊。在那之前，無論發生任何事，她都從來不會大聲說話，只有那次她大叫著。

「你永遠不知道我下了多大的決心！」

和俊被母親在半夜大聲叫喊驚醒了，打開了客廳的門。看到兒子膽怯的表情，沙織愣了一下，但她隨即厲聲喝斥兒子「趕快去睡覺」後，再度轉身面對我。

「弓子姊在哪裡？」

沙織站起來時，由於更靠近日光燈，所以看起來更蒼白。那時我第一次知道，自己的妻子在緊要關頭不是會滿臉脹得通紅，而是會臉色發青。

「她在哪裡？你把她帶到這裡來。」

「沙織，妳先平靜一下。」

「我要和她談，才能讓自己平靜下來。」

「今天就先讓我自己處理吧。」

「爲什麼要你自己處理？懷孕的不是弓子姊嗎？你們兩個人做的事，爲什麼你打算一個人處理？你太自私了，我無法接受。」

「好，但總不能現在馬上就談。現在這麼晚了，她可能出門了……我打電話看看。」

我在撥電話時祈禱弓子睡得很熟，但電話響了第二次，她就起來了。「喂，是我……」我才開口，沙織就在一旁把電話搶過去說：「我現在就去妳家。」然後把電話砸在我的額頭上。

「原來你連她家的電話號碼都記得。我老家的電話你永遠都記不住。」

當我回過神時，發現沙織已經奪門而出。

我似乎昏倒了。右側太陽穴隱隱作痛，我伸手一摸，發現流血了。我想起我父親曾經用裝了紙鈔的信封丟向她的父親，導致她父親臉上瘀血。原來這才是眞正的反擊，我終於體會到親子之間的業障有多深。雖然我知道該去追沙織，但聽到小孩子的哭聲，才猛然回過神。和俊看到我臉上流著血，哭得更大聲了。我用面紙擦了血，叫著和俊的名字，但他嚇得不敢靠近。

當時，弓子住在車站對面狹小的公寓內，從我家走過去只要不到十五分鐘。沙織衝出去時那麼生氣，現在可能已經到弓子家了……。我拿起電話，再度撥了弓子家的電話。我的確不用看號碼，就可以直接撥打弓子家的電話。電話響了一分鐘左右，但沒有人接。我終於放棄，決定等妻子回家。我不能把年幼的和俊獨自留在家中，但如果帶著他去弓子家，情況可能會更糟。而且，沙織是個聰明的女人，即使情緒再激動，也不可能大打出手。但是，我還是忍不住去廚房確認了家裡的菜刀，也去放文具的地方確認了剪刀是否還在。

沙織在快天亮時才回到家。她仍然穿著出門時穿的睡衣，眼睛下方出現了之前未曾見過的黑眼圈。我立刻從椅子上站了起來。

沙織站在朝陽直射進來的廚房內對我說：

「我決定由我來撫養這個孩子。」

我以爲自己聽錯了，反問了一聲：「什麼？」

「你不是聽到了嗎？所有事情都解決了。小孩子出生後，由我來撫養，弓子姊也不會辭職，只要我和孩子繼續留在這個家裡，你們就絕對不可以再發生任何關係，但是，基於人道的考量，我允許你們在內心相愛。」

「妳在說什麼？爲什麼會變成這樣的結果？」

「因爲這次的事你和弓子姊事先沒有和我商量，所以，事後的處理也由我和弓子姊兩個人討論決定，不和你商量，也完全不徵求你的意見。一切都已經決定了，你只要照做就好。你看一下這個，這是我和弓子姊寫的。你不用思考，直接在這裡簽名就好。如果你眞的對我感到抱歉，這個簽名就是你發自內心對我的補償。」

星期天傍晚，我們受和俊之邀，一起去婚禮場地。

一名身穿黑色套裝，把頭髮綁在腦後的婚禮企畫人員接待了我們。她首先帶我們參觀了婚禮場地，參觀完庭園和教堂後，又來到建築物內寬敞的房間，身穿婚紗的富子回頭看著我們。

「啊喲，富子，妳眞漂亮。」

沙織難得大聲叫著，衝向準新娘。和俊也笑嘻嘻地走到富子身旁打量著說：「妳穿這件真漂亮。」我回頭看著麻紀，她果然垂著嘴角，一臉冷淡地把雙手插在洋裝口袋裡。

「麻紀，妳看妳看，眞的很漂亮。」聽到母親的叫聲，她才緩緩走向未來的大嫂，從口袋裡拿出手，摸著蕾絲部分。

「麻紀，妳覺得這件婚紗怎麼樣？穿起來會不會顯得很胖？會不會有太多贅飾了？」

富子問，麻紀才終於驚醒般地吞了口水回答：「不會，我覺得很不錯。」

「新娘太漂亮了，媽媽快要哭了。」

聽到沙織這麼說，我有點驚訝，看著她的臉，發現她果眞熱淚盈眶，我更驚訝了。我們當年結婚時沒有舉辦婚禮，但在店裡所有的婚紗中，租了最貴的婚紗和西裝拍了婚紗照。看著眼前熱淚盈眶的妻子，我突然想起二十五年前，她也曾經流過相同的淚水。我想起了我們拋棄所有的親人，兩個人建立一個新家庭的那一天。

「還有其他的婚紗，在妳換衣服之前，我會幫妳拍照，方便妳進行比較。」

婚禮企劃用脖子上的高級照相機從各個角度爲富子拍了照，確認畫面後，又問我們：

「各位家人要不要一起合照？」

「對啊，大家一起來照吧，快來快來。」

富子向我們招著手，笑了起來。

我們圍著富子，等待婚禮企劃按下快門。

此刻，我手拿著洗出來的照片，站在保險箱前。

好久未開的保險箱內，除了護照和銀行證券類以外，還放了一個沒有密封的牛皮紙信封。信封內放了一份二十年前，寫在廣告單背後的誓約。就是那天早晨，沙織逼我簽名的那份誓約。打開一看，誓約有好幾條內容，其中有幾條重重地畫了兩條線刪除，有幾條中的幾個地方輕輕畫了兩條線刪除，也有的地方畫了波狀線強調，還有地方用力畫了圓圈加以強調。我的目光停留在其中一段畫了很多雙線的文字上。

~~一個月一次~~　~~一年一次~~　在弓子生日（四月六日）那一週　允許有一次共同（但去程和回程必須各自行動）出遊一小時以內（~~但不得離開東京~~　~~只能在京王線沿線~~只能在代田橋車站徒步一公里的範圍內）

這些被雙線刪除的可能性，以及被波狀線強調的具體性，是我至今爲止的所有生活，我忠實地貫徹在這份誓約限定範圍內生活，粗略計算一下，大約有二十項的條款。不知道那天晚上，那兩個女人是帶著怎樣的心情刪除、補充的？我把誓約放回了信封。

這個保險箱內以前放了我和沙織在談戀愛時的情書，以及一起看電影留下的票根，但是，這些充滿回憶的東西都在這個牛皮紙信封出現的同時，在瓦斯爐上付之一炬了。唯一倖免於難的就是新婚時的結婚照。正如我在白天時回想的，美麗的新娘沙織微微偏著頭，對著鏡頭露出微笑。放在微微隆起腹部的手十分可愛，很有豐腴少女的味道。我略微緊張地看著鏡頭，把手放在新婚妻子的肩上。只有這張照片在我的哀求下保留了下來。雖然沙織態度堅決地說，絕對不會聽我的意見，卻願意答應把這張照片留下來，應該是她對這張照片也充滿感情。

我把今天拍的照片放在那張照片上，關上了保險箱。然後站起身，靜靜地打開了窗戶。從陽台上可以看到圍籬另一側的店鋪，店門口的招牌已經熄了燈，但廚房仍然亮著燈，大澤和河野正在店裡收拾，討論下週的排班。因爲是星期天的晚上，店門前的道路上偶爾才有車子經過，周圍一片寂靜。我茫然地望著弓子公寓的方向。

我對弓子的愛太多了嗎？還是我不夠愛她？

雖然看不到弓子的公寓，但我依次從每一個窗戶，尋找著弓子在桌前吃著一人份的晚餐、洗完澡、看著數位相機內照片的身影。

春天夜晚溫暖的風讓我在陽台上站了很久。不知道過了多久，視野角落突然有了動靜，我有點緊張。仔細向店鋪的方向一看，發現廚房的燈仍然亮著，和剛才完全一樣。可能是兩個年輕人中有一個人先從後門離開了。我有點失望，正打算回房間，似乎聽到有人叫我。

「宏治郎先生。」

我轉過頭，身體探出陽台的欄杆，發現叫我名字的女人在圍籬的另一側抬頭看著我。

弓子和我無言地相互凝望。

弓子站在路燈照不到的圍籬陰暗處，我看不到她的表情。我們之間有十公尺的距離，但我覺得她近在身旁。弓子對我露出微笑，然後用一隻手解開繞在脖子上的絲巾，輕輕對我揮著絲巾。她手上那條絲巾是我三十年前，連同裙子一起送給她的。絲巾的動作越來越小，越來越慢，最後停了下來。她向我鞠了一躬，走向馬路。她沒有把絲巾戴回脖子上，仍然拿在手裡。

我走回房間，躺在床上。

樓下傳來沙織來回走動的聲音，她很快就會上樓走進臥室，像往常一樣拉出簡易床，我們將享受各自的安眠。客廳傳來電視的聲音，還有和俊和麻紀的笑聲。這是家庭生活中很平凡的場景，至今為止，曾經出現過數千次的夜晚，但是，剛才那數十秒無言的對話，為什麼可以輕而易舉地突破那幾千個夜晚，變成我人生的一切。這到底是怎麼一回事？

即使眼前這個瞬間，也在慢慢走向終點。我很希望一家四口可以繼續生活在一起，或許正因為時間有限，所以才會有這種想法，但是，結束的時間步步逼近。

如果有的話，你想回去嗎？

閉上眼睛，耳邊響起之前麻紀問我的問題，彷彿會永遠在冰淇淋溶化的銀器中迴響。

比方說，今天晚上有使者來迎接你，你想回去嗎？

我再度張開眼睛，注視著天花板，注視著天花板上的夜空，注視著夜空中的一顆星星，注視著那裡有幾個無力的男人降落在地球，成為誰的父親。其中有一個人因為陰錯陽差，無法成為任何人的父親，不知該何去何從，只能注視著自己仰躺在床上的呆然表情。

舊新娘

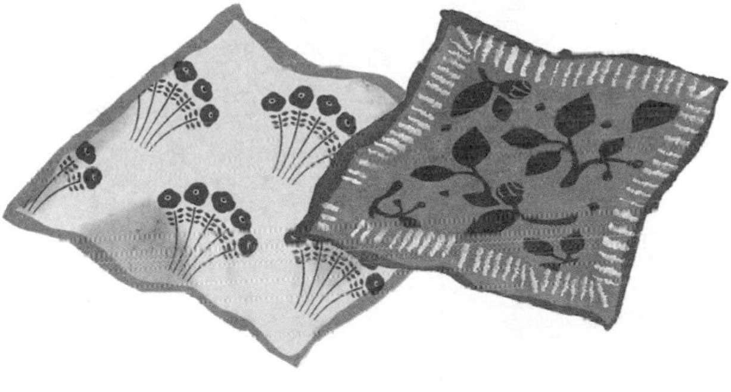

怎麼樣？已經適應了嗎？新婚生活是否如原本所想像那樣快樂無比？每天是否都興奮雀躍？希望妳盡情地享受目前的生活，因爲幾個月後，這種興奮雀躍就會消失無蹤，到時候，就會覺得宛如一個沒有太大交情的朋友的夢境片段，花兒枯萎，氣球消了氣，天使和精靈都疲憊地回家了。有一天早晨，妳好像突然從夢中驚醒，只剩下眼前和妳一起吃早餐的男人，以及必須一輩子吃相同的早餐這種難以完成的規定。當妳發現這件事的刹那，妳來不及把手上的吐司塗滿奶油，就會永遠墜落無盡的深淵——我當然不會對妳說這些話。如果有人對妳說這種話，那只是她這些話包裝成親切的忠告，其實是在告訴妳，發生在她自己身上的事，並不是以後會發生在妳身上的事。世界上很多人都用溫暖的眼神看新婚夫妻，但是，發出這種溫暖眼神的人在注視你們的時候，也預測到將在未來出現的、虛構的倦怠。妳必須小心翼翼地用手摸摸自己的頭，看他們有沒有擅自把倦怠的帽子戴在妳頭上。

新婚快樂！和俊帶妳回家，說妳是他的未婚妻時，的確讓我嚇到差點腿軟，但看到妳已經變成一個很有禮貌、開朗爽朗的女孩，我感到很安心。妳也知道，和俊並不聰明，但待人很親切，再加上他的外型帥氣，應該可以混得不錯，妳日後和他的共同生活也不會太辛苦，但是，一定要注意他的外遇問題。和俊這個人，四次中會有一次無法拒絕。即使妳很寬容，認爲對於這種無聊的外遇，如果只是一、兩次而已，不妨睜一隻眼、閉一隻眼，但是，這種無聊的外遇有可能成爲你們平坦而漫長的共同生活中，無法突破的障礙，即使一開始只是不足掛齒的小沙塵，很可能會在妳完全沒有察覺的情況下，甚至在外遇當事人也沒有察覺的情況下，一分一秒不斷壯大！

對不起，才沒寫幾行，就開始寫這些像是忠告的話。這正是僞裝成親切的忠告，強迫妳接受發生在我自己身上的事。但是，可悲的是，我無法不告訴妳這些事，這也是我唯一要對妳說的事。這難道是讓我們人類經過數萬世代，讓人類變得更理想，超越人類意志和智慧的某種偉大力量的安排嗎？就像讓原本是魚兒的我們離開了水，手拿工具耕田，建造城市，建造大樓，飛上宇宙一樣，某種偉大的力量也基於相同的原理所安排的嗎？不過，不需要把格局拉得那麼大，比起那麼虛無縹緲、不負責任的問題，微小具體且負責的話題對我們的生活更有幫助。爲了和妳談論這個微小具體且負責的話題，我決定寫這封信。因爲妳對我很重要。說得誇張一點，妳也是我的救世主。我至少希望妳知道，妳是如何拯救了我。我們會有很長一段時間不會見面，所以妳不必擔心「下次見面時，不知道該用什麼表情面對」。關於這封信，我們完全不必感到不好意思或是尷尬，所以，我會在信中暢所欲言，妳在看信時也不必有任何顧忌。雖然這封信的內容有點長，但請妳忍耐一下，一口氣把這封信看完。

我是在你們婚禮的前一天寫這封信。現在是中午十二點多，我丈夫在隔壁店裡，和俊去上班，麻紀去大學上課了，家裡只有我一個人。明天是和俊和妳結婚的日子，但無論客廳還是廚房，或是室內，放眼所看到的一切，都和平時沒什麼兩樣。房子對住在裡面的人的情緒毫無反應，今天大家都會提早回家，爲迎接明天做準備。今晚應該是我們一家四口最後一次好好享受晚餐，我打算做一頓豐盛的晚餐，上午已經採買好所有的食材，我打算在傍晚四點以前寫完這封信，然後開始準備晚餐。但是，即使順利寫完這封信，我仍然在煩惱，不知道該在什麼時候寄出去。我猜想在你們辦完婚禮的一個星期內，妳應該就會收到這封信。我無法想像成爲妳丈夫的人所屬的家庭崩潰的戲碼，會在妳內心占據多重要的位置，也不知道和俊告訴了妳多少事，或是他什麼都沒告訴妳？無論如何，不必著急，就從最近的事開始說起。

在目前的階段，只是預定而已，但即使先後順序會發生變化，也一定會執行這個預定，所以，我會根據妳看這封信的時間，先寫已經發生的事。我和我的丈夫，不，我和宏治郎會在你們辦完婚禮，去區公所辦理結婚登記的翌日，向同一家區公所辦理離婚登記。這是很久以前就已經決定的事，正確地說，是二十一年前決定的事。二十一年前，就是不久之後，成爲麻紀的生命體在她母親子宮內被發現的那一年。她的母親不是我，麻紀不是我的女兒，是我的丈夫和名叫弓子的女人所生的孩子。妳認識弓子嗎？白天的時候，只要去宏治郎的店裡，就可以在收銀台看到一位瘦瘦的，總是略帶羞澀的五十二歲女人。她就是弓子。怎麼樣？妳難以相信宏治郎和她暗通款曲吧，但這是如假包換的事實。我不清楚宏治郎和弓子之間的歷史，只知道在宏治郎認識我的幾年之前，他們就已經認識了。他們走得很近，之後分開了，然後又走在一起，當我驚覺時，發現弓子已經懷了麻紀，簡直就像在變魔術。僅僅一次的性行爲，就那麼幸運地懷孕嗎？雖然我寫「僅僅一次的性行爲」，這只是當事人的說法，眞相我就不得而知了。男人和女人之間，既然有一次，背後有五百次也不足爲奇，反正每次所做的事都一樣，所以，次數的問題根本已經不重要了，不是嗎？無論現在或是以前他們所說的話的眞實性都不那麼重要，重要的是具體的事實。

二十一年前的那一天，宏治郎突然告訴我弓子懷孕這件事時，我首先感受到的不是憤怒和悲傷，而是一種爽快的灰心，「原來事情會用這種方式收場，一切都逃不過冥冥之中的安排」。但是，這種想法只持續了不到一秒而已，隨之而來的巨大憤怒、悲傷和後悔，讓這種爽快的灰心在轉眼之間就煙消雲散了。我用手上的東西砸向丈夫的臉，當我回過神時，發現自己全速跑向弓子家。自從高中之後，我從來沒有這麼賣力地跑過。不，我跑得比高中時更賣力。當一個人不是跑向體育股長拿著碼錶等待的白色終點線，而是跑向丈夫的外遇對象正在喝睡前最後一杯水的家裡時，才能跑出這輩子最快的速度。

當時，她住在學生住的那種破公寓的一樓。我來不及跑去玄關，穿過狹小的中庭，直接敲打她的窗戶。沒想到我敲的不是窗戶，而是紗窗。那天晚上很悶熱，弓子沒有關窗。我的拳頭打破了紗窗，伸進了屋內。我用打破紗窗的手抓住窗簾，往左右扯開，看到三坪大的房間內，弓子正站在小型流理台前喝完水。她嚇了一跳，杯子從她手上滑落，掉在地上打破了。

「沙織太太。」

她完全不在意地上的玻璃碎片，向我跑過來，跪在窗邊，向我磕頭道歉。

「眞的很抱歉。」

那是第一次有人向我下跪。即使低頭看著她的腦袋，聽著她不斷說著「抱歉」，我當時的心情也無法說：「別這樣，別這樣，先把頭抬起來。」我甚至很壞心眼地覺得，如果眞的感到抱歉，就不要只是嘴上說說而已，應該把腦袋鑽進榻榻米，鑽到地底下才有誠意。我這麼寫，妳或許覺得「女人眞可怕」，但只要稍微思考一下，就知道這種事和是男是女沒有關係，我所愛的人背叛了我。爲什麼憎恨背叛者和背叛者的共犯，會變成是女人的特性？有些人每次聽到有關女人不好的事，就輕易下結論，認爲是因爲女人陰險狠毒所致，千萬不能聽信那些人的話，那些凡事都想得很簡單，還自鳴得意的人，過去一定曾經因爲自己的過失，把別人變成了陰險狠毒的人，所以才會說這種話。只是因爲女人的陰險有各種不同的方式，容易令人留下印象，所以那些人無論遇到任何情況，都用這句話來解釋。無論男人還是女人，一旦遭到這種對待，都會變得陰險狠毒。

總之，我因爲身處那樣的狀況，而且看到弓子老套迂腐的道歉方式，我無法克制內心想要施虐的心情。我很想用遙控器用力敲打她像筆頭菜前端般的後腦勺，在她昏過去時，扒光她全身的衣服，用沾了馬桶水的牙刷仔細幫她刷牙，然後把她拖到大馬路上，在電線桿上綁成大字，用麥克筆對著她的乳頭和陰部的毛髮畫上大大的箭頭，在太陽下示眾，讓她以後再也不敢在白天出門（這也不是因爲我是女人，才會有這種想法），但這些想法太露骨、太暴力，我覺得自己的人性嚴重受損，覺得自己眞的變成了卑劣的人。我無法忍受自己是一個卑劣的人。

「別這樣，別這樣，把頭抬起來。」

我盡可能用沒有起伏的聲音說道，但可能用錯了感情，導致說話的語氣中夾雜著不合時宜的慈愛。弓子緩緩抬起頭，臉上流著淚。我發現自己內心的所有感情急速冷卻。有時候在電影院看電影，當坐在旁邊的人看到悲慘的畫面哭泣時，我完全哭不出來，而且，意識會漸漸離開電影，開始思考晚餐的菜色，或是要送去印刷廠的廣告單估價的事。那時候也一樣，我看到弓子的眼淚，原本達到巓峰的憤怒竟然頓時化爲烏有。

「對不起，我突然上門，我可以進屋嗎？」

我收回拳頭，用極其平靜的語氣問。弓子默默地點頭，搖搖晃晃地站了起來，把鋪好的被子收拾到角落，把矮桌和坐墊放在房間中央。然後，她去廚房泡了茶端過來。我在等待期間，思考著接下來該談的內容，但是，每次發現隱約的頭緒時，數十分鐘前消失的灰心立刻快步跑回我身邊，擋住了我的去路，我覺得已經沒有任何需要溝通解決的問題了。

「該說什麼好呢……？」

弓子低著頭說道。她說的完全正確。弓子和我都不知道該從何說起，如果她語出挑釁，我或許能夠趁勢用刺激的話加以還擊，展開一番唇槍舌劍，但我們坐在矮桌的兩側，兩個人都不知所措。我喝了一口她倒的茶，弓子也喝了一口。漫長的沉默後，她像是發高燒躺在病床上的少女般，小聲地、斷斷續續地說了起來。

「都是我們的錯……如果妳讓我說……我可以統統說出來……然後，我有一個想法……」

我注視著弓子的臉。雖然她仍然低著頭，她看著矮桌的視線很柔弱，卻帶著強烈的意志。

「想法？什麼想法？」

聽到我的問題，弓子抬起下巴，正視我的眼睛。

「像是一個約定。」

這時，吸引我注意力的不是弓子的回答，而是近距離看到的她的臉。弓子平時的妝就很淡，但看到她未施脂粉、穿著睡衣的樣子，我覺得就像是在燉煮「年歲增長」的鍋子掀開了鍋蓋，直接放在我面前，我忍不住想要用雙手捂住自己的臉。弓子比我年長七歲，當時我二十四歲，二十四歲和三十一歲的差距不至於像小學一年級和國中二年級的差距那麼大，但想到這個看起來像四十多歲的憔悴女人肚子裡孕育著新生命，我深切感受到，人類充滿未知的可能性。

「這次的事……」

她再度開了口。

「這次的事是我們的錯，雖說是我們的錯，但並不是我和宏治郎先生共謀後一起犯錯，我是我，宏治郎先生是宏治郎先生，我們分別犯了錯……我們的錯一開始就是分開的……我在很多年前，就愛上了宏治郎先生，現在仍然愛著他，但是，我一直害怕用愛來命名這種特別的感情。爲了這點恐懼，我一直拖延原本早就該解決的事，結果就變成了現在這樣……所以，我想請問妳一件事……」

我對她口中說出「愛」這個字感到極其格格不入，宏治郎和弓子之間根本無法用「愛」這個字連結起來，就像是在電話上淋醬油般格格不入。我思考著如何用挖苦的方式順利表達這種不協調的感覺，但是，弓子接下來的話，立刻讓我停止了思考。

「沙織太太，妳有沒有打算把我肚子裡的孩子當作是自己的孩子撫養長大？」

沙織太太，妳有沒有打算把我肚子裡的孩子當作是自己的孩子撫養長大？

我腦袋的正常功能已經緊急停止，這句話就像是緊急避難的自動廣播般一次又一次地在我腦袋中響起。剛開始，這句話還勉強維持著疑問句的形式，但在一遍又一遍重複後，這句話變成了已經決定的事項，帶著肯定的語氣。我不讓這句話的威力繼續增強，費了很大的工夫，才終於擠出「爲、什、麼？」這三個字。

「我們用這種方式交換祕密。這是目前最合理，也可以讓各自的不幸維持在最低限度的方法。」

聽到「祕密」這兩個字，我驚訝不已。聽到她這麼說，我才終於發現，這正是宏治郎告訴我外遇的那一剎那，襲上心頭的那份灰心的根源。我有一種極度不祥的預感，我預感到弓子即將提出的具體提議，並不是只要忍耐一下就可以結束的事，而是要花費極其漫長的時間才能夠完成的事。

「我知道妳的祕密，這是妳信任我而告訴我的事，但是，我背叛了妳的信賴。當然，祕密本身仍然留在我的心裡，我想要說的事，我因爲和宏治郎先生的事，背叛了妳把我當成朋友的這份信賴。」

「喔，我能了解……」

「沙織，我這麼提議，並不是隨口說說而已。自從得知懷孕之後，我一直在思考這件事，所以請妳聽我說。我是這樣想的，我會生下這個孩子，但我不是母親，我沒有成爲母親的權利。雖然我對肚子裡的孩子還沒有眞實感，只是隨著肚子一天一天變大，我相信對這個孩子的愛也會日益增長。每個母親不都是這樣的嗎？我相信自己也不例外。但是，我不願意破壞宏治郎先生的幸福，爲此，我願意放棄這個孩子，放棄身爲人母的喜悅。至今爲止，宏治郎先生給了我很多幸福的時光，我得到的太多了，讓我覺得很愧疚，如果得到更多的幸福，一定會遭天譴。不，這次的事應該就是對我的懲罰。然而，我肚子裡的孩子是無辜的，我無論如何都不願意抹殺這個孩子的生命。所以，在這個孩子離開我肚子之前，我會負起責任，用我的愛好好保護。但是，一旦我和這個孩子的連結切斷，我希望可以作爲妳和宏治郎先生的孩子，由你們把孩子養育長大。我希望這孩子有溫柔善良的父母，可以成爲和菓子店的公子或小姐幸福地長大。我知道我這麼說很自私，妳了解我說的意思嗎？」

「呃，是，在某種程度上……但是，妳提到罪或是懲罰……和由我來養育這個孩子之間有……」

「我也曾經考慮過自己來養育這個孩子。生下這個孩子後，爲了不再給宏治郎先生和妳添麻煩，我會遠走他鄉，母子兩人相依爲命。但是，說起來很丟臉，老實說，我對這樣的生活沒有自信。我沒有任何親人可以依靠，而且，身體也不好，無法一整天站著工作，更缺乏專業知識。在這種情況下，萬一我有什麼三長兩短，這孩子不知道該怎麼活下去。跟著身體虛弱的貧窮母親節衣縮食地長大，或是在開和菓子店的溫柔善良父母，和聰明的哥哥照料下成長，哪一種情況可以減少這孩子在成長路上承受的辛苦和擔心？我可以給這個孩子無盡的愛，也可以讓這個孩子變得堅強，但這只是從我的角度思考，但是，我希望從這個孩子的角度去思考。我從小父母雙亡，和大我很多歲的姊姊兩個人相依爲命，一直過著窮困的生活。我不希望這孩子過和我當年相同的苦日子，無論是否有強烈的愛，有錢總比沒錢好。所以，沙織太太，可不可以請妳成爲這孩子的母親？」

「但是，這也太……」

這時，我已經被弓子的氣勢嚇到了，我從來沒有看過她這麼熱切地談論某件事。前一刻宛如躺在病床上柔弱少女的感覺頓時消失，此刻的她，宛如站在民眾面前發表演說的社會運動家。

「我知道妳會感到不知所措，但是，這麼一來，我們就扯平了。我知道妳的祕密，我肚子裡的孩子就是我的祕密，我們相互交換了祕密。」

我再度感到驚訝。談話的內容似乎已經發展到更細膩的程度了。

「弓子姊，妳的意思是，一旦我拒絕妳的提議，我也必須爲我的祕密下場做好心理準備……」

「我不希望用這麼卑劣的手段，但有一半是這樣的意思，這是我唯一能夠採取的手段。」

我太大意了，我眞是個濫好人。因爲在和她接觸的過程中，我一直覺得她身世可憐，是個人畜無害的好心人，從來不曾懷疑她有任何心眼！

當然，剛認識她時，因爲同情她的身世，所以很照顧她。接觸時間久了，漸漸被她的人品吸引。結婚之後，我沒有任何朋友。在和宏治郎結婚時，我拋棄了家人、朋友、昂貴的衣服和鞋子，拋棄了所有原本屬於我的東西。弓子和我年少輕狂時的朋友不同，她沉默寡言，總是身穿很不起眼的衣服，好像不希望別人注意到她，而且也不苟言笑。雖然比我年長七歲，但不太了解世事，也很不靈活，經常讓我感到驚訝。我們聊天時，總是我一個人說，弓子露出淡淡的微笑附和著，偶爾發表一些簡短的感想而已。和弓子在一起時，我彷彿回到了從來不曾嘆息、無憂無愁的幼小時代。雖然弓子不懂得說話之道，也缺乏幽默感，但她具有某種可以讓人感到安心、願意對她敞開心房的力量。因此，我覺得和她之間可以建立不摻雜任何利害關係和嫉妒、純潔無瑕的友情，我從來沒有和任何人建立這種友情。我就像一個涉世未深的中學生，把自己從小生長的環境、初戀情人、空虛的夜遊生活，以及那段年少輕狂的日子中的想法和追求統統告訴了弓子，也告訴她我和宏治郎從認識到結婚的來龍去脈，以及隨之發生的事，我把內心的祕密統統告訴了弓子。因爲我覺得只要告訴她更多祕密，我和她之間的友情就更深。一旦把所有祕密都告訴她，覺得自己有可以分享祕密的朋友，內心就會得到極大的救贖。弓子接收了我所有的祕密，但我可能太天眞了。弓子絕對不是可以無期限租用的、專屬於我的祕密倉庫。弓子並不是倉庫，而是銀行，只要她把祕密原封不動地歸還原主，她就掌握了充分利用這個祕密的權利。

那天晚上，弓子用漂亮的手法行使了這個權利。

「沙織太太，這個孩子的幸福掌握在妳的手中。」

弓子繞著矮桌挪了半圈，移到我身旁，用力抓住我的手。

「拜託妳了。」

我被她握著手，沒有勇氣看她的眼睛，只能看向正前方的沙牆。那裡貼著車站前商店街工會在年初時發的睡蓮池海報年曆。雖然才九月初，但九月和十月的最後一個星期四都畫了一個黑色的圓圈，用很小的字寫著「產檢」。年曆上還有另一個圓圈，是十二月八日。我這才知道，自己今年的生日是星期一。幾個月前，弓子三十一歲生日時，我送她花卉圖案的絲巾時，她也問了我的生日，記在手心上。當時，寫在她大拇指根部隆起部分的三個數字，如今在那道牆上向全世界宣告。

看到這些，我覺得所有的一切都是早就安排好的。接下來在我身上發生的一切，都由類似那個黑色圓圈般的東西，明確地展現在我和弓子面前。我們站在這些黑色圓圈隊伍的中間，已經無法後退了。

「好，」我回握著她的手，「我會養育這個孩子。」

弓子用纖細的手臂抱住我的身體，我的右肩感受到她嘴唇動了一下，說了聲「謝謝」。

「弓子姊，就按照妳說的，我們來交換祕密。如果妳真心愛我的丈夫，我不會阻止妳，但是，我也有我的決心。我絕對無法回頭，所以，在我們的孩子長大之前，妳必須讓我們的家庭保持完整，這也符合妳的期望，不是嗎？如果妳因爲對我丈夫的感情，而放棄和其他人建立家庭，妳可以貫徹妳的這份眞心，我也會尊重妳的決心，並好好維持我的家庭生活。」

然後，我們開始討論貫徹這個誓約所必須遵守的細節。在其中一個孩子結婚之前，我們必須貫徹這份誓約的內容。我很希望長子和俊先結婚，然後繼承丈夫的店，兒媳代替我張羅店裡的業務工作，這麼一來，我就完成了自己的使命。也就是說，當一個家庭誕生出另一個新的家庭時，舊家庭就完成了一項重要使命。和俊的太太是讓我的家庭完整的最後一片拼圖。我等待這位新娘的出現，苦苦等待了二十一年。

然後，妳出現了。

看到這裡，妳有什麼感想？是不是覺得我們的腦筋有問題？

但是，這些事眞實發生了。如果妳想詳細了解那份誓約的具體事項，可以去問宏治郎。他向來很會保存東西，應該保存著那張誓約的紙。只要看到那張紙，妳就會清楚知道，我們是認眞的。即使如此，妳恐怕仍然難以理解我把丈夫和外遇對象生的孩子當成自己的孩子養育長大，讓外遇對象繼續留在店裡工作至今的心理狀態。妳一定覺得我不是一個超級自虐狂，就是掌握感情的大腦皮質或是腦幹之類的發生了故障，否則，普通人不可能忍受這種事。日後也許可以好好研究一下這兩者的可能性，但是，對我而言，有更簡單明快的理由，那就是愛。我原本就是一個愛情豐富的人。說得更正確一點，具備了滿腔豐富的愛。因此，我常常激烈地消耗內心的愛，到處做一些徒勞無益的事。

在弓子預產期的兩個月前，我和弓子前往長野縣的某個鄉下地方爲分娩做準備。一方面是爲了避開左鄰右舍的耳目，另一方面，爲了扮演好即將出生的孩子母親的角色，我希望盡可能和弓子在一起，共同體會分娩的喜悅。我在那裡悉心照顧弓子，不知情的外人一定以爲我們是感情很好的姊妹。事實上，我和弓子在那一段時間的感情也最親密。我們有我們的祕密，以及即將成爲人母的共同點。因爲遭到背叛而產生的憤怒和悲傷早就消失了，那天晚上，當我決心成爲這個孩子的母親時，這些感情就像泡了水的ＯＫ繃一樣，從我的心上自動脫落了。隨著弓子臨盆的日子逼近，我發現自己愛弓子更勝於丈夫。弓子應該也察覺到一點，也當然知道，這和她掌握了我的祕密有很大的關係。

我和弓子為出生的嬰兒取名叫麻紀，帶著麻紀回到了宏治郎的身邊。在我出門的這段期間，家裡僱用了一個懂得照顧小孩的幫傭照顧和俊，但當時和俊年紀還小，看到母親突然帶著嬰兒回家，只感到欣喜而已，絲毫沒有訝異。我很慶幸他不是特別聰明的孩子。之後的多年來，我一直以母親的身分自居，悉心疼愛麻紀。尤其在她嬰兒時期，我對她幾乎到了溺愛的程度。麻紀是一個可愛乖巧的孩子，看到她熟睡的臉龐，看著她對著空中露出微笑時，我立刻忘記了至今為止的種種複雜，變成一個普通的幸福母親。我有時候把弓子找來，讓她抱抱麻紀。弓子抱著麻紀，興奮地哼著歌，和她貼著臉。這種時候，我常常不知道自己所做的事到底是殘忍還是親切，只是當時我想要這麼做，因為我覺得女人都有權利抱一抱自己生下的可愛嬰兒。日子一久，我開始避免麻紀和弓子接觸。雖然大家都相信麻紀是我的女兒，但我開始擔心麻紀被兩個感覺相似的女人輪流抱在懷裡，會不會憑感覺察覺誰是眞正的母親？

麻紀上小學時，在電視和雜誌的宣傳下，宏治郎的店突然生意大好。我們僱用了年輕人在廚房工作，買下了之前租借的店鋪土地和旁邊的一塊地，興建了一家人生活的新家。有了自己的房子後，我們更像是一家人了。弓子每天來店裡幫忙，那時候，麻紀如果不去店裡，就不會有和弓子說話的機會。看著麻紀順利長大——這或許是我過度的愛情引起的錯覺——即使用冷靜的眼光觀察，也覺得她一點都不像弓子，也不太像親生父親宏治郎。麻紀長得像我，我覺得麻紀很像根本不是親生母親的我。

因爲外形上的幸運，從來沒有人懷疑我們母女的血緣關係。但是，差不多從那一年開始，每年都會有一小段日子讓我爲這件事提心吊膽，那就是宏治郎妹妹一家人的造訪。不知道爲什麼，自從建了新房子後，他妹妹一家人每年暑假都會來我們家裡作客。我們和所有親戚都斷絕了往來，但只有這個妹妹（也就是妳的母親）很支持宏治郎。由於她是宏治郎家中唯一和我們來往的親人，爲了讓你們住得舒服自在，我費了很多心思。但畢竟是宏治郎的親妹妹，和宏治郎有血緣關係，所以，和麻紀也有血緣關係。我整天提心吊膽，很擔心她以親人的直覺，察覺到麻紀的身世不簡單。我特地精心製作各種料理，準備各種能夠引起她興趣的話題，都由我親自招呼她，盡可能不讓她靠近兩個孩子。妳父母離婚，對正值多愁善感年紀的妳們來說，一定很痛苦，但之後妳們就不再來我家，我忍不住鬆了一口氣。

我對麻紀的愛遠遠超過對親生女兒的愛，雖然我不知道對親生女兒付出多少愛才正確，但至少我內心所有的愛，都奉獻給這個家庭和兩個孩子的成長。雖然事到如今，很難判斷我對宏治郎是否曾經付出妻子對丈夫應有的愛，但如果是和我爲和俊、痲紀所付出的同樣的愛，我相信對他付出了充分的愛。總之，我眞的很慶幸，這正是我多年來所期待的事。

爲了讓妳充分了解這件事，我想稍微談一下我的身世。

我娘家經營的糕餅店是從我曾祖父那一代開始經營的老店，我離家的時候，東京有六家店，目前家族事業進一步擴大，在大阪有兩家店，札幌、橫濱、京都和福岡都各有一家店，已經成爲集團經營了。繼承家業的父親曾經去法國和比利時學藝，是手藝純正的西點師傅，但我從來沒看過父親站在廚房的樣子。在我出生的幾年前，他因爲發生一場小車禍，導致腿受了傷。父親很成功地轉換了跑道，車禍之後，他不再親自做糕餅蛋糕，而是發揮了身爲經營者的本領。我猜想父親應該更適合投入提升效率和打造企業形象之類的工作。

父親在事業上獲得了成功。把一部分店鋪變成了連鎖店，店鋪數量增加了，獲得了更可觀的利潤。因此，我含著金湯匙出生之後，從小過著玉食錦衣的生活。我母親是典型的闊太太，總是打扮得光鮮亮麗，家裡的粗活都交給幫傭，只有每天的三餐都特別用心。父親在店裡是鐵面無私的經營者，員工都很怕他，在家時卻是很普通的，不，應該是超出普通的好丈夫，把妻子捧在手心。父親經常對母親說「妳今天也好美」或是「我眞是太幸福了」，即使當著我這個獨生女的面，也毫無顧忌地摸摸她的屁股，或是親她的脖子，送花束、送珠寶更是家常便飯。年幼的我並不知道自己的父母和其他夫妻不太一樣，已經屬於難得一見的範疇，還以爲大家的父母都那樣。

隨著我慢慢長大，從和同學之間的談話中了解到父母的異常。我家採取歐美的教育方式，我很小就一個人睡在自己的房間，因爲我年紀還小，經常做惡夢，或是覺得有幽靈站在我房間的角落，嚇得魂不附體。這種時候，我就會鼓起勇氣跑出房間，用力敲父母房間的門。我從小家教甚嚴，無論發生任何事，都不能隨便闖進別人的房間，一定要先敲門。通常都是母親爲我開門，然後把我帶去他們的大床上，在我睡著之前，和父親一起溫柔地拍著我的肩膀，唱歌給我聽。但有時候等了很久，媽媽才來開門。媽媽站在好不容易打開的門內喘著氣說：「媽媽和爸爸正在做愛，今天不行，妳知道吧？」然後快步把我帶回自己房間的床上，隨便抓了一隻熊娃娃塞進我的被子，又匆匆回去自己房間了。一開始我很生氣，很難過，躺在床上大哭，但幾次之後，乖巧懂事的我就覺得「既然他們在做愛，那就沒辦法了」，不再理會惡夢和幽靈，乖乖地睡覺了。

我從小對這樣的家庭環境沒有任何疑問，但讀小學時，聽到同學嘆著氣說，想要擁有自己的房間時，有一種非常奇妙的感覺。我問同學，既然沒有自己的房間，那晚上睡在哪裡，同學回答說，全家人都睡在同一個房間。我驚訝不已。所以，他們的父母就在睡著的兒女身旁做愛嗎？「做愛是什麼？」我同學問。我不知如何回答。其實我也不清楚做愛具體是做什麼，應該不只是摸屁股、親脖子而已，一定是無法當著我的面做的事，正因爲這樣，我才會多次被拒於門外。我在同學面前顧左右而言他，笑著敷衍過去了。下一節國文課時，我假裝在查教科書上的新單字，查了「做」和「愛」這兩個字，卻不見「做愛」的詞條。既然字典上沒有，就代表是很骯髒的字眼，或是我父母擅自創造的字眼。總之，我知道不應該在別人面前提這個字眼。

除此以外，我也從和同學的談話中，經常感受到自己父母的恩愛有點異常。上中學後，同學都開始埋怨「媽媽很囉嗦」或是「爸爸很臭」，至少會說父母其中一方的壞話。

父母越討厭，或是討厭的方式越複雜，就會顯得那個同學越成熟。我努力尋找父母討厭的地方，以免被同學排斥，但除了他們恩愛的程度讓我難以在同學面前啓齒以外，我從來不覺得他們討厭。即使一臉嚴肅地抱怨「我爸媽感情好得讓人傷腦筋」，也會被同學當成在炫耀，讓大家失笑而已。青春年華的女孩的父母都應該整天都情緒惡劣、亂發脾氣，或是喝酒鬧事，或是打人，或是對兒女漠不關心。

每個同學的家庭都有各自的煩惱，對每個人都產生了某種程度的影響，我在他們中間顯得格格不入。我終於發現自己是在父母的寵愛下無憂無慮長大，頭腦簡單的傻小孩，無奈之下，我只能努力讓自己痛恨在我面前肆無忌憚地恩恩愛愛、並且容忍我所有任性的父母。然後，努力回想起他們在我面前表現出的恩愛舉動，以及對全盤接受女兒要求的忠犬模樣，在他們身上塗上「做愛」這個骯髒的字眼，再把同學數落他們父母的話當作燃料淋在他們身上，毫不猶豫地點火，沒想到並沒有燃燒起熊熊大火，也很快就熄滅了。所有的一切零零落落地燒完後，只剩下灰色的炭灰，越想要掃出去，越是飛滿天，把內心也弄得烏煙瘴氣。我好幾次想把內心的炭灰清掃乾淨，但也了解到，難以憑我的意志和努力輕易掃乾淨。我終於發現，那些灰色的炭灰或許正是其他同學身上那抹淡淡陰影的來源。雖然我的方式和她們不同，但我用自己的方式，開發了自己陰影的來源。

我對這個新發現感到心滿意足，於是，我一次又一次地用這種方式玩火，炭灰層越積越厚，看到父母仍然相親相愛，絲毫沒有察覺女兒的變化，我像小孩子般忍不住露出微笑，甚至對他們產生了近似同情的感情，覺得他們未免太悲哀了。渾身炭灰的我已經不再是那個從出生開始，就沉浸在父母給予的財富和愛情中的那個愚蠢無知的少女了，厚厚地累積在內心的炭灰漸漸凝固，成爲我新的立足點。我不再像以前那樣，以父母釋出的愛情爲糧食漠然地生活，而是熱切地渴望主動而強烈地去愛某個未知的事物。我不需要別人製造的愛，而是要用自己的愛去愛。爲此，我必須把從出生至今，像空氣般不斷吸入的愛情庫存統統清除，才能變成像一張白紙般徹底潔白的人。

高中畢業後，我進入東京都一所女子短期大學的家政系。雖然搭電車到學校不到三十分鐘的車程，但我謊稱長時間搭電車會胸悶，在學校附近的麻布十番租了公寓，開始尋找能夠接受我累積了十八年舊愛的男生，我和很多男生約會，把其中幾個人帶回家裡。我們在那裡做愛。雖然一開始我不知道該怎麼做，但那些男人對愛的做法瞭若指掌。雖然我不覺得他們和我之間有可以稱爲愛的東西，但我不知道除此以外，該如何稱呼那種行爲。

無論再怎麼熱中於做愛，我想要釋放的東西仍然沒有衝破那道沉重的門。其中也不乏深情地凝視我的雙眼，發誓永遠愛我，願意把一生奉獻給我的男生。這些浪漫的男生的確曾經讓我動心，有時候，我也會說永遠愛他們，打動對方的心。當感覺兩個人擁有相同的感情時，我覺得自己走過內心那條幽暗狹小的通道，站在那道門前。然後，握著門把，試圖用力打開那道門。但在我即將打開那道門之際，有某種力量制止了我，或是無論我怎麼推，怎麼拉那道門，那道門仍然文風不動。最後，他們之中的任何一個人，都無法讓我得到門內的東西。我痛恨自己內心的愛情庫存，它們在緊要關頭無法出現，只有在我無法找到可以協助我得到的對象時，在門內發出討厭的聲音，不斷膨脹，讓我心神不寧。

第一年就在轉眼之間過去了。我結交的那些女同學都是在入學時，就理所當然地決定畢業後不找工作，在家學習未來如何當一個好太太。所以，大部分人都已經有過相親的經驗，甚至有人決定畢業後就馬上結婚。我當然也不例外。爲我牽線作媒的是我姑姑，由於我的條件是需要對方入贅，那年新年回家時，我聽到姑姑嬌滴滴地嘆著氣對我母親說：「要找門當戶對的人家，年紀又不能太大，願意入贅的人眞不容易。」所以，我還以爲暫時不會再找我去相親了，沒想到不久之後，姑姑就找到了完全符合這些條件的稀有對象。

然而，無論條件再怎麼符合，我討厭這種別人安排的邂逅，我想要自己尋找能夠接受我的愛的對象。

但是，大人們不顧我的意願，緊鑼密鼓地爲我張羅相親的事。某個星期六早晨，我還在床上睡得迷迷糊糊，母親就用備用鑰匙打開了門，把我搖醒說：「要走了。」我幾乎一身睡衣打扮就被推上計程車，帶去美容院，做了頭髮、化了妝，換上了和服。兩個小時後，就變身成爲楚楚動人的大家閨秀。我在鏡子中看著自己驚人的變化過程，想到自己要去相親，心情漸漸開心起來，宛如要去參加隱瞞眞實身分的化裝舞會。雖然沒有戴面具，但我穿上和服，化了符合清純女孩的淡妝後，我在鏡子中看到了和平時判若兩人的自己。人眞是太會僞裝了……在前往相親地點的計程車上，我露出桀驁不馴的微笑，欣賞著窗外的風景。

相親安排在飯店內的高級日本餐廳內，我稱職地扮演了自己的角色。我對有錢人家的清純大小姐這個角色樂在其中，被安排和我演對手戲的二十五歲年輕人，個子高大，顴骨突出，板著一張臉，感覺有點神經質，無論再怎麼放寬標準，都稱不上是英俊美男子。我瞥了他一眼，就知道他不是我喜歡的類型，暗自鬆了一口氣。既然這樣，我就可以專心扮演好我今天被分配到的角色。第一次和他眼神交會時，我對他露出有點拘謹、又有點羞澀的微笑。他連嘴角的肌肉都沒有動一下，反而露出不悅的表情，而且我覺得他的不悅並非因爲害羞或是害怕。時間一分一秒過去，我越來越投入自己的演技，但他始終板著臉。

「那就讓年輕人自己去聊聊吧……」有人開口說道，我們不得不離開包廂。我們聽著添水（譯註：添水是一種竹筒裝置，透過水力發出聲響，驅趕動物，現常用於日本庭園的裝飾）的聲音，在日本庭園內散步。雖然這種劇情發展很愚蠢，但我才不理會對方的想法，打算把自己的角色演到底。回頭看向包廂，發現姑姑他們在窗邊排成一排，看著我們。我向他們揮手，姑姑他們也向我揮手。當我們走進種了很多植物的彎曲小徑，完全離開了姑姑他們的視野時，他突然停下腳步說：

「我受不了這種無聊事了，繼續留在這種地方，是在浪費妳我的時間。」

我驚訝不已，也很受不了，覺得這個男人太幼稚了。我早就察覺到他並非自願來相親，但沒必要對我發洩內心的不滿吧。我沒有喪失繼續演戲的興致，像純樸女孩般眨著眼睛，他皺著眉頭，一口氣說：

「妳別再假惺惺地演戲了。妳年輕漂亮，完全不想和我結婚，我也無意和妳結婚。所以，趁現在沒有人看到，我們走去出口，各自攔一輛計程車，回到各自的生活。反正那些人會處理接下來的事。」

說完，他不等我回答，就獨自走向大門的方向，似乎已經把幾秒鐘前面對的相親對象拋在腦後了。我慌忙追了上去，但他沒有放慢腳步。我拉著行走很不方便的和服下襬，踩著小碎步追趕著。想到他早就識破了我的演技，羞紅了臉，滿腦子都想著這件事。今後我再也沒臉見這個人了，雖然這麼想，但還是拚命在他身後追趕。來到通往飯店正門的大路時，我的和服鞋前端被突起的小石子絆了一下，臉朝下地栽了個大跟斗。當我抬起頭時，看到他的背影漸漸遠去。我突然感到無力，即使去追他也沒有用，既然這樣，就只能分道揚鑣了。沒想到他突然轉身走到我身旁，繞到我的背後，雙手伸進我的腋下，好像把倒地的椅子扶起來似的把我抱了起來，並輕輕爲我拍了拍和服上的灰塵，但沒忘了撂下一句：

「妳或許又在演戲，但可以去找那些人拿乾洗費。」

「我才不是在演戲。」

我惱羞成怒。他用挑釁的眼神看著我，我很想狠狠教訓他，但他的眼神令我感到羞愧，我完全想不出任何具有殺傷力的話。

「我才不是……」

我好不容易才擠出和剛才相同的話。爲了顯示我僅有的威嚴，我用手拍了拍胸前的塵土，發現又沾到了紅色的污漬。我慌忙翻開手心一看，發現有好幾個地方破皮了，滲出的鮮血上沾著泥沙。他用更嚴厲的眼神瞥了我一眼，默默地帶我去了飯店的廁所。雖然傷勢並不嚴重，但手心隱隱作痛，和服髒了，我覺得自己落魄極了。當我走出廁所後，看到他坐在走廊上的長沙發角落，不發一語地抱著雙臂。

「對不起。」

我坐在沙發的另一端，眞誠地向他道歉。

「我不應該爲了好玩來相親，現在這樣眞是蠢透了。我一輩子再也不相親了，你也一樣吧？」

「對，是啊。」

他轉頭看著我說。

「我也一輩子再也不相親了。」

我們都在這一刻怦然心動，相互凝視著對方的眼睛。

一輩子再也不相親了。

不知道為什麼，這句話聽在我們四隻耳朵裡，就像發誓永遠忠誠的戀人所說的話。這就是我們的戀愛故事的起點。當我在沙發這一端改變心意，墜入情網的瞬間，他也在另一端墜入了情網。

我們除了愛上對方，以及家境都很富裕以外，沒有任何明顯的交集。但是，在家境富裕這個共同點，有時候可以帶給我極大的安心，完全超越其他共同點。我不擅長精打細算，如果可以用相當於一餐的錢解決麻煩事，我會毫不猶豫地花錢了事。只要覺得花錢可以省麻煩，就不會有罪惡感。但是，這個世界上有人為了節省一圓而費盡心血，把原本可以享樂的時間都耗費在省錢這件事上。我真的無法理解他們的這種熱忱，這恐怕不是天生的資質問題，而是成長的環境使然。

在這點上，他和我的感覺相同。我們都很懂得享受，在某些方面很冷靜。我內心有著想要趕快處理掉的愛情庫存，他內心有著我無法輕易觸摸到的某種東西，都不知道該如何處理。在他內心那些未知的東西中，我感受到正是我追求已久的東西。應該就是空無一物的空洞，徹徹底底的無。我想要釋放過剩的愛，填滿他的空洞。也就是說，我們是天造地設的一對。我對此深信不疑。我抓住了那道門的門把，沒有任何東西可以阻止我。在門的另一端膨脹到極點的陳舊愛情宛如水壩潰堤般，發出巨大的聲響，流向他的空洞。這股洪流迎面撲向他，連無關的其他地方也都濕成一片，我們也被洪流吞噬了。我和他做愛時，第一次眞實感受到這是「做愛」。如此簡潔明瞭的事，出現在小學生使用的國語辭典上也沒有問題。

不久之後，我們就如同安排那場相親的媒人所期待的，非正式地訂了婚。迅速展開的戀愛，進展也很迅速。但是，從結果來說，我們很快就解除了婚約。來得快的感情，去得也快。我把累積在內心的愛完全倒進了他的空洞，頓時感覺神清氣爽。因爲，我內心的陳舊愛情已經清空了。從今以後，我要用自己嶄新的、全新的愛來愛他。我覺得自己得到了重生。但是，我太樂觀了。當我舒暢地夢想著未來的幸福生活之際，他靜靜地向我坦承，他前一天和一位女性朋友上了床。我們不是才剛訂婚而已嗎？我搞不清楚狀況，激動地質問他，他坦誠地向我道歉，幾乎沒有爲自己辯解。他說：「對不起，我也不知道爲什麼，突然很想和妳以外的女人上床。」他又特別強調：「我眞的不知道爲什麼會這樣。」「是因爲愛不夠多嗎？」我問他。他回答說：「不是這樣。其實，這也不是第一次了。」

他的表情呆滯。他的內心再度出現了空洞。曾經被我陳舊的愛塡滿的空洞，再度以完全相同的形狀和大小出現。我激烈的愛情洪流並沒有塡滿它、消滅它，只是暫時把它沖到更深處的某個角落而已嗎？於是，我開始懷疑我以爲已經清除的那些陳舊愛情，會不會是完全不同的東西？也許是長期累積的愛情的利息，眞正該處理的東西更巨大，並不是只要打開門，就可以立刻釋放，而是在內心根深柢固，首先必須用水沾濕表面，軟化後，花費漫長的時間慢慢削除……。

我徹底陷入了混亂。我不知道他對我而言，是不是正確的選擇，我覺得至少必須重新考慮一下這門婚事。

我和未婚夫之間的事沒有明確的決定，又再度回到以往的生活。我和幾個女性朋友每天晚上去鬧區跳舞，和男生聊天。遇到中意的對象，就兩個人一起開溜。我爲了確認自己對未婚夫的判斷，不停地和那些男生做愛，我不否認，也是同時在向未婚夫報復，但內心深處仍然期待他來拯救我，擺脫這種荒誕不羈的生活。我希望再度邂逅他，眞實感受到彼此正是自己要找的那個人。

就在那時，我認識了宏治郎。那是一次無聊的聯誼。主辦的女性朋友興奮地說，知名飯店的年輕主廚會來參加聯誼，沒想到去了商務飯店的聯誼現場一看，只有一個在連鎖飯店廚房工作的員工而已，其他都是他學生時代的同學，看起來都不怎麼樣。我和旁邊的男生隨便聊了幾句，打算趁去廁所的時候裝病提前離開。

當我露出不舒服的表情走出廁所時，聽到走廊上有人叫我的名字。我看到他的臉，頓時驚訝不已。在那一剎那，我以爲是我的未婚夫來接我了。但是，並不是我的未婚夫，而是長得很像他的某個人。

「妳沒事吧？妳的臉色很差……」

「你是誰？」

「我是誰？剛才大家不是都在那裡嗎？」

「那裡？」

「妳只顧著和妳旁邊的男生說話。」

「是啊，而且燈光很暗，我喝多了，沒看清楚你的臉。現在可以讓我好好看一下嗎？」

我趁著酒意，伸出雙手用力捧住他的臉，仔細地打量，檢查到底哪裡像我的未婚夫。

雖然無法明確斷言哪個部分怎麼相像，只能勉強說，鼻子的形狀和眼睛下方凹陷，以及下巴突出的感覺很神似。個子也差不多高，這樣近距離注視冒牌貨的臉，我突然很想見到未婚夫。淚水漸漸湧入眼眶，原本以爲是未婚夫特有的空洞，似乎也在我內心張開大口，等待著什麼。因爲淚水的關係，站在眼前的男人五官輪廓漸漸模糊，看起來更像我的未婚夫。

「妳沒事吧？」

宏治郎問道，拿下我放在他臉上的手，把他的手放在我肩上。當我回過神時，發現和他兩個人躺在我家的床上。他做愛的方式很纏人，好像在向殺父仇人報仇一樣不肯輕易罷休，這種激烈的做愛方式或多或少塡補了我內心的空洞。可能他原本就是一個重感情的人，做愛之後，仍然抱著我的身體到天亮。被熟睡的他溫暖的身體抱在懷裡，我一整晚都無法闔眼，但我有一種奇妙的成就感，覺得他眞的渴求我，或是渴求我的身體，至少我的身體對他有幫助。他在塡補我內心空洞的同時，我似乎也提供他某些東西。

我們在隔週又共度了一晚。雖然是他主動邀約，但如果他沒有約我，我也會去找他。

雖然宏治郎很像我的未婚夫，但不知道爲什麼，和他在一起的時候，我可以忘記未婚夫的事。我對宏治郎從來不曾有過像在未婚夫身上感覺到的那種燃燒般的熱情，但至少我可以心情平靜。我內心的空洞被填滿，也忘了內心深處那些麻煩的愛情庫存，我又是以前那個無憂無慮的年輕女孩了。我們像普通情侶般交換情書，一起去看電影。我好幾次捫心自問，我能夠愛上他嗎？我的心回答我，不試試看又怎麼知道。我覺得從廣義來說，我已經算愛上他了。但是，對於是否像愛未婚夫那樣愛他，答案永遠都是否定的。宏治郎愛上了我，他的愛讓我變成一個無憂無慮的開朗女人，僅此而已。雖然他的外形和我的未婚夫很相像，但我無法在他的內心找到和未婚夫相同大小和形狀的空洞。宏治郎用身心帶給我的光和熱絕對無法進入我內心的那扇門。我已經清楚地了解，我在那道門內的堆積的存貨只能傾倒給未婚夫的空洞，除此以外，沒有其他可以卸貨的地方，只有他的愛情可以融化、軟化我的存貨。我和宏治郎度過幾個月的親密時間後，終於明確地知道，未婚夫是唯一我要找的那個人。

未婚夫似乎感受到我的這種確信，他突然出現在我面前。

他就像健檢醫師般走進我的房間，坐在我的身旁對我說，這種半吊子的狀態對妳我都不好，我們解除婚約吧。他說這番話時，和當初在相親的那家飯店庭園內提議我們逃走時的語氣一模一樣。這樣太殘酷了。我忍不住對他說。你明知道我只有你。說完，我忍不住哭了起來。但是他極度冷靜。妳還年輕，即使解除了一個婚約，也不必悲觀。況且，妳並不認爲和我在一起，就一定能夠得到幸福。我抱著他不放，央求著他。我不要，我不要，如果不能和你在一起，我只有死路一條，這個世界上沒有人能夠像我愛你這樣愛我，也沒有一個人可以讓我像愛你一樣愛他。在爭吵拉扯的過程中，我們發現雙方都做好了做愛的準備。當年我們太年輕，一旦發現了這一點，就無心再做其他事。我和他無論在精神上還是肉體上，都是最適合的兩個人。我們做了愛，在做愛時，完全沒有想到那是最後的愛，但在結束之後，清楚地了解到這一點。他沒有向我說道歉，只說了聲再見就離開了。

那天晚上，宏治郎來找我時，我仍然躺在床上淚流不止。他整晚陪在我身旁安慰我，說他絕對不會讓我流淚，他會用一生讓我幸福。

看到這裡，妳應該已經猜到了吧。我在前面提到，每年夏天，妳們全家來我家玩時，我很擔心妳母親會識破麻紀身世的祕密，所以總是想方設法避免妳母親接近孩子。

其實，我眞正害怕被妳母親發現的不是麻紀，而是和俊的身世。

發現自己懷孕後，我慌忙翻開記事本，確認最後一次生理期的日期，詳細分析未婚夫最後一次來找我的日子，以及其他情況後進行推測。如果我的排卵週期正常，孩子的父親十之八九是未婚夫。那天晚上，我雖然和宏治郎睡在一起，但並沒有做愛。在那之前的三、四天，宏治郎和店裡的其他糕點師傅一起去進修，並不在東京。那天之後，我慌稱自己生病，回娘家一個星期，都沒有和他見面。但是，我沒有十足的把握。也許我的排卵週期不準，也許是宏治郎避孕失敗，總之，我難以相信在和宏治郎持續做愛的幾個月中，只和別人上一次床就懷孕。我無法獨自做出判斷，當我告訴宏治郎懷孕的消息時，他「啊」了一聲，說不出話。然後，他沉默了很久。我們坐在我房間的沙發上。窗外傳來雲雀清脆的啼叫聲。簡直就像高原上清爽的早晨。沉默中，我忍不住這麼想道。宏治郎心不在焉，讓我的思緒可以飛到遠方的高原。漸漸地，他似乎發現在他面前的是我，眼神中終於恢復了人的意識。他握著我的手，正式向我求婚。我在那一剎那下定了決心。人在一生中，做出重要的決定時，這個決定越重要，就越會在短時間內非理性地做出決定。我回答說：「好，我願意嫁給你。」無論這個決定多麼不理智，我也決心要對自己的選擇負起責任，絕對不會回頭。在我失去未婚夫的瞬間，我就永遠失去了卸貨的場所。既然內心的這些重擔無法卸除，至少希望拋棄其他所有的一切。

當時，我父母以爲我和未婚夫之間的婚約依然存在，所以，得知這件事後大發雷霆。我第一次看到父親和母親這麼氣急敗壞，但我格外冷靜。因爲孩子已經在我肚子裡了，生氣也無濟於事。宏治郎在一家歷史悠久的和菓子店當學徒，之前曾經學過做西式糕點，但他完全無意繼承我家的家業。他的夢想是自己開一家店，一輩子奉獻給和菓子。宏治郎的個性算是溫和，只有在這件事上不願讓步。這麼一來，完全破壞了我父母的計畫，但我一點都不在意。雖然內心稍有歉意，但店鋪的事是父親的問題，我在心裡早就拋棄了自己從小長大的家庭，所以，當事情發生時，我事不關己地覺得他們事到如今，還在哀嘆什麼。我的肚子越來越大，事態完全沒有解決，反而更加惡化。最後，我們拋下了所有反對要素，兩個人擅自結了婚。老實說，如果我當時更積極說服，並非無法打動我的父母，只是我並沒有那麼做。

結婚登記後，我們在服裝出租店挑選了最貴的衣服，打扮成新郎新娘，拍了紀念照。穿上婚紗的不到三十分鐘內，我拋開了所有的煩惱，心情燦爛無比。我的心情從來沒有這麼暢快，但不知道爲什麼，我淚流不止。宏治郎遞上手帕，我笑著擦拭眼淚。我一次又一次擦拭眼淚。那一天，我是一個幸福的新娘。

我對這場婚姻從來沒有半點後悔。

宏治郎和我盡了最大的努力維持這個我們兩人打造的家庭。即使發生了弓子那件事後，仍然沒有任何改變。我們三個人用不同的方式忠實遵守各自的誓言。和俊是一個活潑善良的男孩，麻紀是個漂亮可愛的女孩。雖然妳們每次夏天造訪，我都暗自捏一把冷汗，但現在回想起來，妳母親從來沒有懷疑我們家庭的眞實性。雖然我們一家四口沒有血緣關係，但那又怎麼樣呢？

我們一起度過快樂的時光，一起克服了生活中遇到的各種困難。我在接受宏治郎求婚時，就暗自下了決心，我沒有放棄「絕對不回頭」的決心，在至今為止的二十五年期間，我每天一點一滴地貫徹這個決心所伴隨的責任。令人意外的是，在門內凝固的陳舊愛情庫存變軟變鬆，漸漸拉了出來。我原本已經放棄這項作業，沒想到持續努力了四分之一個世紀之後，竟然成功了。那些現成的愛情，對年輕時代的我來說只是累贅的愛情，拿出來之後，發現並沒有那麼糟糕。那些陳舊的愛情在門內並沒有腐爛或乾涸，就像母雞剛下的雞蛋般暖呼呼的，放在臉上時，可以感受到裡面的新生命。讓我卸下內心存貨的，並不是任何人內心的空洞。我所打造的家庭內，有很多地方可以堆放這些存貨。

如今，我已經出清了所有的愛情，門內已經空無一物，變得空空蕩蕩。所以，我必須像年輕時曾經渴望的那樣，用自己的雙手創造新的愛情。我已經四十五歲，我認爲並非不可能。有關愛的所有一切都很花時間，忍耐最重要。至於忍耐，至今爲止的經驗讓我受益良多。

妳不必擔心宏治郎，我猜想不久之後，他就會和弓子在一起。我認爲他應該這麼做。弓子才是忍耐的活榜樣。雖然我和她不再像很久以前那樣輕鬆地閒話家常，但我仍然尊敬她，我希望她得到幸福。在我開始寫這封信一小時左右，弓子像往常一樣，把裝了大福的保鮮盒送來。宏治郎每天讓弓子把他親手爲麻紀做的點心送過來。今天弓子脖子上繫了一條花卉圖案的絲巾，那是她二十一年前生日那一天，我送她的禮物。弓子現在也不時繫這條絲巾，我覺得她現在戴起來比年輕時更好看。如今，弓子生日時，我不再送她任何禮物，看到她仍然用那麼久以前的絲巾，我雖然嘴上不說什麼，但心裡很高興。在二十一年的歲月中，我們彼此漸漸拉開距離，變成了即使伸手，也難以觸摸到對方的關係，但我仍然覺得和她之間共享同一個祕密。那不是宏治郎的事，也不是和俊或是麻紀的事，而是關於我和弓子之間建立的那份微不足道的友情。

和俊有妳，所以不必擔心，拜託妳好好照顧他。如果他能夠和妳一起繼承宏治郎的店最理想——因爲完成這樣的世代交替後，我才覺得完成了自己的使命——但說句心裡話，現在的我覺得即使你們不繼承也沒關係。就像當年我沒有繼承我父親的店，店鋪的事是宏治郎的問題，並不是你們的問題。最近，麻紀想要出國，她說想去一個陌生的國度獨立生活，不依靠任何人。宏治郎應該會幫她出這筆出國費用，雖然她說不依靠任何人，但畢竟只是一個天眞的大小姐。我非常能夠理解她的心情，她一度迷戀和俊，讓我們暗自捏了一把冷汗，但我很煩惱，自己到底有沒有資格對這件事說三道四。我雖然曾經假裝視而不見，但現在覺得這是當事人自己必須面對的問題。麻紀是妳的表妹，也是妳的小姑，當妳發現她遇到困難時，請妳多關心她。雖然她有點自大，但其實心地很善良。我已經無法繼續當她的母親照顧她，不過，還是會和她保持聯絡。

至於我……我到底要去哪裡？我也不知道，但是，我此刻的心情暢快無比，好像可以去任何一個地方，可以主動和遇到的任何人聊天。然後，花足夠的時間，用親手製造的新鮮愛情，而不是那些陳舊的愛情去愛其中的某一個人。

最後，我要再說一次。

我一直期盼妳的出現。妳穿上白色婚紗飄然出現，爲我敲響了結束的鐘聲，也同時敲響了開始的鐘聲。謝謝妳。對不起，這封信寫太長了。這是我第一次寫這麼長的文章，右手從剛才就感覺快抽筋了。已經五點多了，我必須趕快準備晚餐。妳沒問題嗎？如果眼睛累了，或是肩膀痠了，就稍微躺下來休息一下。和俊應該沒這麼快就回家嚷嚷著要吃飯、要洗澡吧。

不必匆忙，不必著急。絕對不能性急。請務必記住這一點。因爲，關於愛的一切，都需要花費時間。

藍小說 205

花嫁

作者—青山七惠
譯者—王蘊潔
主編—嘉世強
編輯—黃嬿羽
美術編輯—蔡文錦
責任企劃—林貞嫻
校對—許常風
董事長
總經理—趙政岷
總編輯—余宜芳
出版者—時報文化出版企業股份有限公司
10803台北市和平西路三段二四〇號四樓
發行專線—(〇二)二三〇六—六八四二
讀者服務專線—〇八〇〇—二三一—七〇五
(〇二)二三〇四—七一〇三
讀者服務傳真—(〇二)二三〇四—六八五八
郵撥—一九三四四七二四時報文化出版公司
信箱—台北郵政七九～九九信箱
時報悅讀網—http://www.readingtimes.com.tw
電子郵件信箱—liter@readingtimes.com.tw
法律顧問—理律法律事務所 陳長文律師、李念祖律師
印刷—勁達印刷有限公司
初版一刷—二〇一四年八月一日
定價—新台幣二五〇元
⊙行政院新聞局局版北市業字第八〇號

國家圖書館出版品預行編目（CIP）資料

花嫁 / 青山七惠著；王蘊潔譯. -- 初版. -- 臺北市：時報文化, 2014.08
面； 公分. --（藍小說；205）
ISBN 978-957-13-6020-1（平裝）

861.57 103012974

ISBN 978-957-13-6020-1
Printed in Taiwan